白豚妃再来伝

後宮も二度目なら 二

中村颯希

富士見L文庫

◆目次◆

第五章　ばらすつもりじゃなかった

月明かりの射《さ》す回廊を、楼蘭《ろうらん》はゆっくりと歩いた。

門前に広がる花壇では、寒椿《かんつばき》が艶《あで》やかな葉をたたえ、月光を弾《はじ》き返している。香りもなく、棘《とげ》もない、ただ美しいだけの花を、楼蘭は無感動に眺めた。

椿《つばき》は、無力だ。寒さに耐えて冬に咲くけれど、それだけ。

(今頃、泣き崩れているのかしら)

己の元を離れていった女官、夏蓮《かれん》を思い、楼蘭は静かに口の端を持ち上げた。ずっと死んだ魚のような目をしていれば、可愛《かわい》がらなくもなかった。妹ではないが、楼蘭にも可愛らしい弟がいるのだ。それゆえに身動きが取れなくなる絶望も、わからなくはなかったのに。

あの清々《すがすが》しい、信頼だとか希望に溢《あふ》れた顔を前にすると、苛立《いらだ》ちが募る。

棘を刺さずにはいられぬほどに。

(この夜が明ければ……揺籃《ようらん》の儀は最終日を迎える)

科目は、太監長《たいかんちょう》・袁氏《えんし》の言い分を信じるなら、舞だ。その情報によって利を得ることで、また彼は増長するのだろうが、なりふり構ってなどいられなかった。

最終日には、この後宮の主《あるじ》となるべき皇太子や、有力な大臣らも参列する。なんとしても彼らの前で圧倒的な評価を得る必要があった。そこで最上となれば、楼蘭が上級妃の長、即《すなわ》ち、皇后となる道も拓《ひら》けてくる。

宮の最奥にある寝室にたどり着くと、楼蘭は無意識に、息を吐いた。女官にすら容易に立ち入らせぬこの寝室が、彼女の唯一寛《くつろ》げる場所だ。選抜が始まるのは昼からだが、ゆっくり休むに越したことはないだろう。

「ごきげんよう」

だが、無人のはずの寝室に、女の声が響き渡り、楼蘭ははっと息を呑《の》んだ。

「祥嬪《しょうひん》様にご挨拶《あいさつ》申し上げます」

不遜《ふそん》にも、楼蘭の寝台に腰掛けているのは、年若い少女だった。

薄青い月光を受け止める滑らかな頰に、知性を感じさせる涼やかな瞳《ひとみ》。ゆっくりと言葉を紡ぐ彼女は――あの忌々しい奴婢《ぬひ》と同じく、女官候補から妃嬪《ひひん》候補へと成り上がった、蓉蓉《ようよう》という少女だ。

「……挨拶にふさわしい時間や場所を、ご両親から教わらなかったのかしら？」

上げかけた悲鳴を飲みくだし、楼蘭は目を細めて尋ねた。

まがりなりにも、ここは寵愛《ちょうあい》深き妃嬪の宮。一介の少女が、やすやすと侵入できる場所ではないはずだ。ただ、蓉蓉と名乗る少女の佇《たたず》まいには、あたかもこの場の主人であるかのような貫禄《かんろく》がにじみ出ていた。

蓉蓉は、楼蘭の警戒などものともせず立ち上がると、真正面から見つめた。

「単刀直入に申し上げますわ。あなた様の、貴人《きじん》方に対する妨害の数々は、見苦しくてならない。揺籃の儀に対するあらゆる妨害から、今すぐ手をお引きなさいませ」

「わたくしに、命令なさるの？　ご自身は、そのような立場にあるとお思いなのですね」

静かな声で、応じる。

言外に正体を問えば、少女は剣呑《けんのん》な笑みを浮かべた。

「わたくしがどのような立場にある者か、お知りになりたい？」

蓉蓉はひっそりと笑みを浮かべると、下ろしていた前髪を持ち上げ、後ろへと流してみせた。寝台横の棚に置かれていた小皿から朱を指先で掬《すく》い取り、すいと目尻《めじり》を彩る。途端に、たれ目がちの優しい顔つきががらりと雰囲気を変え、妖艶《ようえん》な美女になった。

「これなら、おわかりになるのでは？　祥嬪」

寵妃《ちょうひ》をこともなげに呼び捨てるその声も、あえてなのだろう、低くなっている。

その姿、そしてその声が、ある女性にそっくりであることを理解すると、楼蘭ははっと目を見開いた。

「薫妃様《くんぴ》……！」

目の前の少女は、薫妃と呼ばれていた上級妃に瓜二つ《うりふた》であった。最大勢力である皇后とも仲がよく、独特な魅力で地位を築いていた妃《きさき》である。いや、子を儲《もう》けた薫妃は、今代皇帝の譲位に伴い昇格するので、薫太妃と呼ぶべきか。

つまり、目の前にいる、薫太妃に瓜二つのこの少女は、彼女の娘にして公主《おうじょ》。蓉蓉ではなく、「麗蓉《れいよう》」ということだ。

「なぜ、あなた様が……」

この場に、と呟《つぶや》いた楼蘭だったが、言い切るよりも早く、その答えにたどり着いた。

「ああ……そう。そういうことですの。皇太子殿下の代わりに、探りにこられたのね」

皇后と薫太妃は姉妹のように仲が良く、それぞれの子である皇太子・自誠《じせい》と公主《こうしゅ》・麗蓉もまた、後宮で過ごした幼少時代には、実の兄妹《きょうだい》のようであったと聞く。即位とともに後宮を引き継ぐにあたって、「妹」にその内情を探らせたとするのは、わからないでもなかった。

瞬《まばた》きをするほどの時間で、素早く現状を理解してみせた楼蘭に、一方の蓉蓉はわずかに目を細めた。

（さすがに彼女は、愚かではない……）

いや、それどころか、蓉蓉でも厄介と判断するほどには、知恵の回る相手であった。

天女とあだ名されるだけあって、その美貌《びぼう》は嬪《ひん》の中でも群を抜き、華奢《きゃしゃ》な手足には品と優雅が滲《にじ》む。声は美しく、瞳には知性があった。

見玉《けんぎょく》の才を宿す蓉蓉の目にも、楼蘭は優れて美しく見えるほどだ。

（それでも彼女は、玉ではない。あえて喩《たと》えるなら、とびきり高貴な、けれどひびの入った玻璃《はり》玉のよう）

不思議な感覚だった。珠珠《じゅじゅ》と名乗る女のような、内側から光を放つような力強い輝きはない。けれど、脆《もろ》く鋭い「それ」は、なんとも言えない繊細な美を帯びている。

（なにが、彼女をひび割れさせてしまったのでしょう）

心の奥底でふと疑問を覚えながらも、蓉蓉はまっすぐに相手を見つめ、声を張った。

「理解したのなら、手をお引きなさいませ。これは、公主としての命令です。あなたは野心のままに、貴人たちを陥れんとし、無力な女官や、正義感の強い娘を巻き込んだ。もっとも、あなたが珠珠さんを傷付けることはできなかったけれど、代わりに酒を飲み、介抱に奔走した彼女は、すっかり疲れ切ってしまいました。これでは儀の厳正さを欠きましょう」

朱に彩られた瞳は、強い怒りを宿している。

ここでも出てきた「珠珠」の名に、楼蘭はふと、淡い笑みを浮かべた。

「……そう。あなた様もまた、あの奴婢を傷付けられたから、お怒りなのですね」

不意に、不穏な気迫を帯びはじめた相手に、蓉蓉は警戒を強めた。

「お断りします」

楼蘭は、花の綻《ほころ》ぶような笑みとともに、きっぱりと告げた。

「わたくしは、わたくしの思うままに、儀に臨ませていただきます」

「……あなたの返事は、兄である皇太子殿下にも伝えます。殿下は、不正を見逃さぬ高潔なお方。次代妃嬪としてのあなたの地位が危うくなることは、おわかりでしょうね？」

蓉蓉は低い声で凄《すご》んだが、楼蘭の態度は揺るぎない。

それどころか、袖《そで》を口元に当て、首を傾《かし》げるほどだった。

「不正を見逃さない、高潔なお方？　日々、離宮に籠《こ》もって詩を書き連ね、内偵に妹君を遣わせる御仁が？」

「祥嬪！　不敬ですよ」

「『不敬』！」

怒りに声を震わせた蓉蓉の前で、楼蘭は唐突に、声を上げて笑い出した。

「わたくしのどこが、不敬であると？　陛下に忠義を尽くし、太監長と協働して後宮の秩序維持に心を砕いてきたわたくしが。わたくしの、どこが！」

「祥嬪……？」

なにか、様子がおかしい。

鬼気迫った独白に眉《まゆ》を寄せた蓉蓉の前で、楼蘭はふいに口を閉ざすと、踵《きびす》を返した。

そのまま鏡台へと向かい、指輪や耳飾りを外しはじめる。寵愛深き嬪の鏡台には、皇帝から下賜されたのだろう鮮やかな朱色の玉が、いくつも転がっていた。

「いつまでそこに立っていらっしゃるのです。わたくしは休みます。あなた様も早く、この場を去られては？」

「なんですって……？」

公主直々の命を聞き入れぬばかりか、平然と退《さ》がらせる楼蘭の態度に、蓉蓉は驚いた。が、鏡を覗《のぞ》き込む寵妃は、一瞥《いちべつ》すら寄越《よこ》さない。

「ご自身の立場をおわかりではございませんのね。今のあなた様は、公主であるのに、軽率にも奴婢に身をやつし、厳正な儀を汚した不埒者《ふらち》。正体を明かしてわたくしを平伏《ひれふ》させるというなら、せめて皇太子殿下ご本人でないと、お話にもなりませんわ。大見得を切ったつもりでしょうけれど、わたくしが太監長に突き出せば、それでおしまいです」

「太監長の地位は、公主のそれを上回ると？」

恥辱に頰を染めた蓉蓉に、楼蘭はふっと皮肉げに口元を歪《ゆが》めた。

「ええ。まさかご存じありませんでしたの？」

「無礼者！　わたくしの身に流れるのは、英明なる皇帝陛下と同じ、尊き血ですよ」

吐き捨てるように繰り返す、その語気の鋭さに、思わず息を呑む。

楼蘭は、鏡台に転がる朱色の小玉を、きつく握りしめていた。

「公主様は、もしや長らく、陛下とお会いになっていないのではありませんこと？」

「え……？」

「公主様は、見玉の才をお持ちで、巫女《みこ》の化身とも言われるお方。あなた様のその目に、近頃の陛下はどのように映るのでしょうね」

聞き捨てならない発言である。

追及しようと蓉蓉は身を乗り出したが、そのとき窓の向こうで、烏《からす》がけたたましい鳴き声を立てたのを聞き、咄嗟《とっさ》に窓を振り返った。

「広間に飛び込んできた大烏《おおがらす》かしら……」

ぽつりと呟きながら、楼蘭に向き直る。

が、相手が顔から血の気を引かせているのを見て取り、眉を寄せた。

「『烏』……」

「祥嬪？」

「……早く、お引き取りくださいませ」

鏡台に両手をついたその体が、小刻みに震えている。

「早く、お引き取りを。わたくしを一人にしてくださいませ」

「ですが、あなたが妨害をやめると約束しない限りは――」

「すでにお断りしたでしょう。太監長に突き出されたいのですか？　ですがあいにく、わたくしは、彼となど話したくないのです。あなた様だって、名声を落とすのはお嫌でしょう。わかったなら、早く、お引き取りを！」

　声もまた、抑制を欠いていた。

「結局、この後宮で、烏の目が届かぬ場所などないし、太監長に抗《あらが》える者などいないのです。あなた様が罵《のの》しろうが、殿下に告げ口をしようが、わたくしは最終の儀で、勝ち進む。あなた様は、指をくわえて、それをご覧になっていればいいのですわ」

　そこまでを告げると、楼蘭はふと、ぎこちない笑みを向けた。

「あなた様では、わたくしを妨げることなど、できない」

　なぜなのだろうか。

　その言葉は不思議と、蓉蓉にはこのように聞こえた。

　わたくしを救うことなど、できない――と。


「やあ。今度は僕が待ちぼうけだ」

約束の時間を過ぎて蔵へと向かえば、すでに自誠は月明かりの差し込む一角に腰を下ろしていた。

声こそこちらに掛けてはいるが、視線は忙しく奏上書の束の上を走っている。「本物の」郭玄《かくげん》から定期的に転送される、政務の一端であると思われた。武官に扮《ふん》しつつ、皇太子としての政務もこなす彼は、なかなかに忙しい。

自誠はしばらく奏上書に目を通していたが、蓉蓉が考え深げに黙り込んでいるのに気付くと、顔を上げた。

「麗蓉？」

「……ただ今、祥嬪を牽制《けんせい》してまいりました」

端的に切り出すと、自誠は目を瞠《みは》る。

「君の役割は情報収集。不正を働く相手には、直接手出しをしない約束だったはずだ。不《ふ》遜《そん》な人間が相手なら、公主ごときと軽んじて、やり返してくる恐れだってあるのだから」

「祥嬪は、まさにその不遜な類《たぐい》のようですね」

蓉蓉は、珍しく皮肉げな笑みを浮かべた。

実際のところ、ここまで足元を見られるとは思っていなかったのだ。

「先走ってしまい申し訳ございません、お兄様。かの嬪のせいで、珠珠さんや女官が追い詰められ、それを防げるでもなかった自身の不才が、腹立たしくてならなかったのです」

「追い詰められる？」

目を細めた兄に、蓉蓉は、祥嬪・楼蘭によって火酒を強制された一幕を説明した。

「女官は、珠珠さんの的確な介抱がなければ、命を落としていたでしょう。珠珠さん自身も、平気なふうを装っていましたが、一杯目の時点で顔が赤らんでいたのです。苦しくないはずがありません。女官を介抱するからと人払いしていましたが、彼女の性格を考えるなら、室でこっそりと苦しんでいても、おかしくはない……彼女は、他者に弱さを見せない、孤高の人ですから」

残念ながら、珠麗《じゅれい》は孤高なのではなく、少しでも監視の目を緩めたかっただけである。

だが、すっかり珠麗のことを龍玉の器と決め込んだ蓉蓉は、一連の事件を思い出し、悔しさに涙をにじませた。

「なんの恩義があるわけでもない恭《きょう》貴人を、ただ自分が年長だからというだけで庇《かば》い、呻吟《しんぎん》の声を上げてまで火酒を飲み干し、果てには女官の命を救い。そんな彼女とは裏腹に、わたくしは、水を運ぶくらいのことしかできなかった……。せめてわたくしも、祥嬪に一矢報いねばと、気が急《せ》いたのです」

きゅっと拳《こぶし》を握ると、兄に向かって身を乗り出す。

「祥嬪は狡猾《こうかつ》です。鏡を割らせ、筆をすり替え、酒を飲ませと、一見ささやかで、他者が聞けば『そんなことくらいで』と思われるような手法を使って、確実に女たちを追い詰める。証拠を摑《つか》んで糾弾したところで、するりと罪を逃れてしまうことでしょう。だから、わたくしが逃げ道を塞《ふさ》いでやりたかった」

ただし蓉蓉はそこで、「ですが」と、意気消沈したように視線を落とした。

「後宮の女ならば、皇族の血にひれ伏すもの——そんな傲慢《ごうまん》な思いで宮に乗り込みましたが、公主が密偵を演ずることの醜聞を指摘され、あっさりと追い払われてしまいました」

かろうじて、皇太子が潜伏していることは告げなかったが、と恥じ入るように付け足す妹に、自誠は物憂げに呟《つぶや》いた。

「だが、本来であれば、妃嬪《ひひん》は皇族の血に忠誠を誓うもの。それをせぬとは、後ろ盾である太監長の力を、よほど過信しているものと見える。公主に咎《とが》められようと、妃嬪に残れると確信するほどに、袁氏と蜜月の関係を築いているようだね」

「……それが、そのようでもないのです」

蓉蓉はおずおずと切り出す。

これこそが、彼女の胸にわだかまる疑念であった。

「祥嬪は、太監長を嫌っているように見えました。実際、わたくしが正体を明かしても、話したくないという理由で袁氏に突き出さなかったほどです。祥嬪は彼と共犯者の関係にあるというよりも——脅されている、のではないでしょうか」

明確な証拠があるわけでもない。あえて言うならばそれは、女の勘としか呼べない、不確実なものであった。

だが、蓉蓉はその不確実な感覚を、信じた。

「祥嬪は、怯《おび》えているように見えました」

「怯えている？　寵愛《ちょうあい》深き妃《きさき》が、太監長のなにに？」

「それが、しかとはわからないのですが……」

曖昧《あいまい》に応じ、それからふと思い出して、彼女はぽつりと「鳥」と呟く。

「彼女は、鳥を恐れているようでした」

「鳥だって……？」

そこで顔を強張《こわば》らせた兄には気付かず、「動物が嫌いなのでしょうか」と首を傾げた。

「ああ、そうだわ、嫌いと言えば、恐れ多くも、皇帝陛下に不敬とも取れる言葉を吐いていました。見玉《けんぎょく》の才を宿すわたくしの目に、陛下はどう映っているのかと」

「…………」

考え込む自誡をよそに、蓉蓉は不快そうに顔を顰《しか》めた。

「陛下は……お父様は、安定した治世を敷き、争いを避けるため自ら譲位を宣言する、まさに名君です。この御代《みよ》、水害は減り、年貢も安定し、民は豊かになった。天のご加護も厚く、反逆者には陛下が手を下すまでもなく、雷が落ちたこともあったとか。そんな陛下を『視《み》よ』など、無礼にもほどがあります」

その瞳《ひとみ》には、純粋な信頼と、それゆえの義憤とが宿っている。

まなじりを決する妹を、自誠はしばらく無言で見つめていたが、やがて、静かな声で切り出した。

「名君。そうだね。一般的に見て……いや、少なくとも五年ほど前までは、名君であったと言えるだろう」

「お兄様？」

言外に含まれた不穏な響きに、蓉蓉は驚いて兄を見上げた。

「なにをおっしゃっているのです？」

「麗蓉。君は公主として離宮を賜り、長らく王都を離れていた。耳に届くのは政策の結果のみ。たしかにそれからすれば、陛下はかつての名君のままという認識だろう」

自誠は妹を見つめた。端整な顔には、いつになく、緊迫した表情が浮かんでいた。

「実際には、近年の陛下は、かなり気を乱している。冷静な政治判断が維持できているのは、周囲の大臣たちの尽力ゆえだ。だがそれも、徐々にほころびを見せつつある」

「お、お待ちください。気を乱すとはどういう意味なのです？」

「陛下は——残虐になった」

声は硬く、低かった。

目を見開く妹の視線を避けるように、書類の束を閉じる。立ち上がり、窓を覗けば、その先には壮麗な建築物の数々が、夜の闇に沈んでいた。

「最初は、五年ほど前だったか。奴婢《ぬひ》に対して突然激怒し、文鎮を握るとその場でひどく打ち据えた。笑い声が耳障りだったと言うのだ。だが、その奴婢は笑い声を立てたりなどしていなかった。常に穏やかだった陛下の激昂《げきこう》ぶりに周囲は驚いたが、相手が奴婢だったこともあり、虫の居所が悪かったのだろうと、そのときは解釈された」

「そんな……」

「だが、陛下の突然の狼藉《ろうぜき》は、その後も続いた。いや、加速していった。方法がどんどん苛烈《かれつ》になるんだ。ある者は目をくり抜かれ、ある者は熱した鉄の棒で体を穿《うが》たれた。政治の判断はできる。けれど、感情の制御が突然乱れる。始終体調を崩し、すると気もますます乱れ、周囲は次第に、陛下を恐れるようになっていった」

蓉蓉は絶句した。

まさかそんなことが起こっていたとは、まるで知らなかったからだ。

「ですが、そのようなことは、噂《うわさ》ひとつ……」

「緘口令《かんこう》が敷かれたからね。僕も譲位が囁《ささや》かれはじめ、政務に携わるようになるまで知らなかった。いくら相手が奴婢や、低位の官吏ばかりだったとはいえ、天子にふさわしくない醜聞だ。騒ぎ立てた者は、陛下の手の者によって抹殺される。君は……『烏』の名を聞いたことがあるかい？」

「空飛ぶ鳥の烏《からす》とはべつに、ということですわよね？　いいえ」

困惑して眉《まゆ》を寄せた蓉蓉に、自誠は淡い苦笑を浮かべた。

「そうだね。女子《おなご》に好んで語り継ぎたい存在でもない。博識な君といえど、知らなくて当然だ。『烏』は……陛下直属の、隠密《おんみつ》組織だ。血盟のもと、陛下にのみ忠誠を誓う、暗部を担う一族。詳細を説明せずとも、役割は想像がつくね？」

「は、い……」

恐る恐る頷《うなず》いた妹に、自誠が語るにはこうだった。

「烏」の掟《おきて》は独特だ。彼らは、皇帝が使用する金璽《きんじ》にのみ従い、皇帝に反するあらゆる存在を見逃さない。残忍な方法で始末することもあれば、仕留められた側もそれと気づかぬほど、自然な方法を取ることもあるのだと。

「では、かつて反逆者が天罰を受けたというのも……」

「『烏』の仕業だ」

「…………！」

端的な肯定に、蓉蓉は瞳を揺らした。

文字通り天子――天の子であると言われる皇帝。天の加護を持つからこそ、政敵は自然と滅びたと思っていたのに、それが天罰ではなかったなんて。

「そんな……。万人に存在を気取られない隠密部隊など、そんなもの、実在しますの？」

戸惑う蓉蓉に同情的な一瞥《いちべつ》を向け、自誠は続けた。

「やり口があまりに人間離れしていることもあって、家臣の中には、『烏』を架空の存在と考えている者も多い。だが、陛下に近しい者ほど、かの存在を信じ、恐れる。陛下の変《へん》貌《ぼう》に、古参の大臣たちは胸を痛めながらも、『烏』に不敬と取られることを恐れて諫言《かんげん》もできずにいるんだ」

そこで大臣たちは苦肉の策として、皇帝に早期の譲位を勧めた。御しやすい者を皇太子に立てれば、実権はそのままに握れる、などと甘言を並び立てたのだ。

激昂される恐れのある賭《か》けであったが、皇帝は十年ほど前から錬丹術《れんたんじゅつ》に惹《ひ》かれていたこともあり、それをすんなりと了承した。不老不死を追求するには、膨大な政務に追われる皇帝の地位が邪魔であったのだ。上皇となれば、権力と時間、両方を確保できる。

「僕が即位し、陛下が皇帝の座から離れれば、少しは『烏』の威も弱まるのではないかと考えたわけだ。もっとも、『烏』の忠義は一世一代。放蕩《ほうとう》者だという『烏』の跡取りが僕についいて、『烏』自体が世代交代しないかぎり、現状はほとんど変わらないだろうがね」

「この譲位には、そんな事情が……」

「ああ。本当なら皇太子の僕が、陛下を止められればいいのだが……この国で、皇太子の権限は呆《あき》れるほど小さい。暴虐をやめさせるには、僕が皇帝に成り代わるのを待つしかなかった。陛下の乱心に付け込む太監長の調査を進め、被害者にできるかぎりの支援をしながらね」

「…………」

蓉蓉は圧倒されたように手を額に当てた。

尊敬する父親の変貌が、俄《にわ》かには受け入れがたかったのだ。

自誠は、窓の外に広がる美麗な後宮の夜景を、じっと見つめた。

「家臣の誰もが恐怖と緊張に萎縮《いしゅく》するなか、袁氏だけは常に陛下のお気に入りだ。それは、彼が甲斐甲斐《かいがい》しく集めてくる丹薬《たんやく》を飲むときだけ、陛下は以前のような穏やかさを取り戻し、体の不調からも解放されるからだ」

「袁氏はたしか、太監時代に医術を学んだということですわね。経典にも明るく、高名な道士との交流まである、有能な人物であると」

「ああ。僕の目から見ても、太監長にふさわしく博識な人物だ。その知識に頼るあまり、大臣自ら袁氏を遇するほどだし、僕とて、その忠誠ぶりは評価しないでもない。だが、それゆえに彼は増長しすぎた。後宮から皇帝を、操れると過信するほどに」

なるほど、彼が肥大化した後宮権力の解体を目指すのには、そんな背景があったのだ。

（陛下は病で仁道を失いつつある。けれど「烏」なる隠密部隊の存在により、その事実は知られていない。ただし、変貌した陛下を唯一癒《いや》せる太監長が、そのことで権力を増大させている。だから兄様は、あくまで秘密裏に太監長の増長を止めようとしている――）

情報をひとつひとつしまい込むように、蓉蓉はとんとんと唇を叩《たた》いた。

「ひとまず……先ほどの祥嬪の態度が、ようやく理解できました。つまり彼女は、羽音を聞いて、『烏』を連想し、恐れたのですね」

「ああ。彼女は陛下の寵妃《ちょうひ》で、陛下は近年、ほとんど彼女しか召そうとしなかった。言い換えれば、彼女は、陛下の変貌に気付ける唯一の妃嬪だったということだ」

「だから、いつ緘口令に触れて、『烏』に処分されてしまわないかと、恐れている……」

そこまでを呟いて、蓉蓉は首を傾《かし》げた。

――太監長に抗《あらが》える者などいないのです。

自分を殺すかもしれない「烏」を恐れるのはわかる。けれどなぜ、楼蘭は太監長にまで怯えるのだろうか。

疑問を口にすると、自誠はしばし黙り込んだあと、やがて慎重に口を開いた。

「『烏』は、皇帝陛下の用いる金璽なしには動かない。逆に言えば、その金璽さえあれば、陛下でなくとも『烏』を操れるということだ」

「………………！」

聡明《そうめい》な蓉蓉は、すぐに異母兄の言わんとすることを察した。

頭の中で、情報が一本の線に繋《つな》がるような心地を覚える。

増長した袁氏。その権力の、源泉。

「では……太監長は、『烏』を私物化しているというのでしょうか」

当て推量でしかない。だが、自誠はゆっくりとひとつ、頷いた。

「おそらく、そうだろう。ここまでで、彼の身辺については探りを入れてきた。だが、彼は花札を使って妃嬪《ひひん》を服従させたことも、金子を収奪したことも、暴力や人事で部下を排除した形跡もない。いかにも潔白な人物に見える。だが、不自然なほどに、彼と利害が対立した者ばかりが、不慮の事故で命を落としているんだ」

青褪《ざ》めた蓉蓉に、自誠は続けた。

「これまで、彼がいかにして後宮を掌握しているのかがわからないでいたが、『烏』との関係に的を絞るのなら、話は早い。妃嬪候補も一通りこの目で見極めたし、後は、太監長の証拠探しに集中しよう」

「ですが、これまでもすでに、彼の周囲は探ってこられたのでしょう？」

「後宮内の彼の居室や、宿直する延寿殿《えんじゅでん》、大量の金子が隠せそうな蔵や、人を始末できそうな牢《ろう》はすでに検《あらた》めた。だが、もし彼が『烏』とやり取りするだけで権力を掌握しているのなら、大量の金子も牢も隠し部屋もいらない。小壺《こつぼ》ほどの大きさの金璽ひとつがあればいい」

小ぶりとはいえ、すべてが金でできた、明らかに高貴な璽《じ》を、居室内に隠すことは不可能だろう。だが、それを紛れ込ませることのできる空間なら、後宮内にある。

「常に子飼いの太監たちによって、自然に監視されているところ。大量の文具に溢《あふ》れ、太監長自身の金印も並ぶ――内務府《ないむふ》だ」

「木を隠すなら、ということですわね。ですが仰《おっしゃ》るとおり、あそこには太監たちが絶えません。どうやって調べるのです？」

「……明日は儀の最終日。『皇太子』自らも参列しに、後宮にやって来る。太監たちは総出で迎えなくてはならないから、明日の朝なら、内務府はもぬけの殻だ。そこを、僕が探る」

そう請け合ってみせた自誠に、蓉蓉は心配そうに眉を寄せてみせた。

「よくよくご用心なさいませ。だいたい、明日になってもまだ、郭武官《かくぶかん》として行動するつもりですの？　人目のない離宮とは異なり、儀には大臣たちも参加します。さすがに、玄様の偽装も露見してしまうように思うのですが」

「なに。この入れ替わりも、かれこれ五年近くだ。互いに慣れているし、なにせ『皇太子』は病と趣味を理由に、徹底的に引き籠《こ》もってきた。本来の顔を覚えている者のほうが少ないだろう」

自誠は肩をひとつすくめただけで、それを躱《かわ》してしまった。

『烏』私物化の証拠が摑《つか》めれば、太監長の増長を防げる。彼の威を借り、不正な手で儀に臨もうとした妃嬪候補を一掃すれば、後宮の腐敗も改善できる。この国の治世が清きものになるかは、明日に懸かっているんだ」

怯《ひる》みを見せず告げる兄を見上げ、頷きながらも、蓉蓉は少しの沈黙の後、こう付け加えずにはいられなかった。

「陛下の変容に付け込み増長する輩《やから》は止められたとしても……陛下の変容それ自体を、是正する方法はないものでしょうか」

きゅ、と、その細い手を握りしめる。

「陛下は……お父様は、そのような方ではなかった。呪いか、暗示か、毒か……ご気性を変えてしまうような、なにか外部からの要因があったのではないでしょうか」

「もしこれが外的要因なら、それすなわち陛下への攻撃。それこそ『烏』が黙っていないだろう。だが、『烏』は沈黙を続けている。気の乱れも、五年をかけて徐々に進行しているところを見るに、これは、毒や呪いというよりも、病と考えるのが自然だろう。実際、袁氏の作る丹薬を含めば、一時的とはいえ症状が和らぐのだから」

そして、と彼はやるせなさそうに呟《つぶや》いた。

「病相手には、『烏』だって、天だって、罰をくだせやしない」

蔵に、沈黙が満ちる。

ややあってから、自誠は小さく息を吐くと、奏上書を袂《たもと》にしまい込んだ。

「働きに感謝するよ、蓉蓉」

「すべてがうまく行くようお祈り申し上げておりますわ、郭武官殿」

意識を切り替えるように偽名を呼び合ってから、二人は時間をずらし、蔵を離れた。

――ミシッ。

それからさらに時間を置き、蔵に小さな物音が響く。

ほんのわずか、木材を軋《きし》ませたのは、梁《はり》の上に寝そべっていた礼央《りおう》であった。

「手抜きだな。梁の強度が低い」

不満げに呟くと、彼はひらりと床に飛び降りる。音もなく着地すると、ぐるりと蔵の中を見渡した。

酒に革、ちょっとした調度品や、上質な紙。値の付きそうなものは、すでにあらかた手を付けた。

が、もっとも値打ちのあるものは、たった今仕入れた情報なのかもしれない。

「『烏』を、私物化？」

整った顔を、顰《しか》める。

どうせ小物であろう太監長の敵を弑《しい》するくらい、「烏」にとっては濫用とも呼べぬほどの雑務だが、それでも、皇帝以外の者に使われているという事実は、受け入れがたい。

皇帝にさえ跪《ひざまず》きたくないというのに、小太りの太監長相手など、なおさらだ。

（金璽のもと下された命に絶対服従を誓うのが「烏」の掟だが、その金璽を奪われてどうする。いや……さすがに、奪われたなら親父殿《おやじどの》も黙っていないか。ならば、金璽は皇帝の意志の下、袁氏に委譲されたと考えるのが自然か？）

それほどまでに、皇帝は太監長を信頼しているということか。

だとしたら、「烏《からす》」にそれを止める権限などない。

礼央はしばらく考え込んでいたが、やがて、重い溜息《ためいき》をついた。

「まったく……あいつに付き合っていると、厄介ごとにばかり巻き込まれる」

脳裏によぎるのは、もちろん、彼が珠珠と呼ぶ女の姿だ。

甘ったれで、すぐに騒がしく悲鳴を上げて頼ってくるくせに、妙なところで強情で、突然その場に踏みとどまる。

子《ね》の刻いっぱい待ってやったのに、その間に彼女がしたことといえば、根暗そうな女官を介抱し、寝こけることだけだった。慌てて門までやって来たかと思えば、すでに礼央が去ったと勝手に信じ込み、涙をこぼしもしない。

泣いて名を呼びでもするのなら、そのまま攫《さら》っていってもよかったのに。

彼女は少々かわいげのある発言をしたかと思いきや、戻ってきた女官を無意識に籠絡《ろうらく》し、執着させてしまった。

（あの女官の目。厄介だな）

幼子が母を慕うかのような、一心な目つきを思い出し、礼央は渋面になる。おそらくだが、あの女官は、今後珠珠から一瞬たりとも目を離さないだろう。武官や太監の厳重な監視などよりよほど、愛情の眼差《まなざ》しのほうが躱しにくい。

とはいえ、礼央は手ぶらで貧民窟《ひんみんくつ》に戻るつもりなどなかった。今晩連れ出せなかったのなら、延期に見合ったお宝を頂戴《ちょうだい》して、明日脱出するまで。

もっとも、その過程で、触れたくもない陰謀の気配に触れてしまったのだが。

(郭武官……いや、自誠皇太子か)

あの、やたらと麗しい顔をした男のことを思い浮かべる。

皇太子自らが武官に扮《ふん》するとは驚いたが、噂《うわさ》に聞く、詩作にふける引き籠もりよりかは、いくらかましだ。

知恵も回るようだし、佇《たたず》まいから察するに、そこそこの剣の使い手でもあるのだろう。

だが、

(つまりあいつが、珠珠に焼き印を押させたわけか)

そこのところが、実に気に食わない。

あの女の柔らかな肌に、ほかの男が傷を付けた――そう思うと、自分でも意外なほどの不快さが込み上げた。

「祥嬪・楼蘭、郭武官、そして太監長に、『烏』……な」

どれに、どこまで関わるか。

礼央はじっと窓に向かって目を凝らしていたが、そこに鳥の鳴き声を聞き取ると、意識を切り替えて外に出た。

小黒《しょうこく》が戻ってきたのだ。

「うまい餌はあったか?」

肩に止まった小黒をくすぐり、礼央はそのまま、闇に溶けるようにして蔵を去った。

第六章　捌くつもりじゃなかった

「きゃあああああ！」

白泉宮《はくせんきゅう》中に響き渡る、絹を裂くような悲鳴を聞きつけ、珠麗《じゅれい》はがばっと跳ね起きた。

自身が寝ているのが、朝陽《あさひ》の差し込む温かな寝台であることを理解し、少々動揺する。

同時に、すぐ近くから「大丈夫でございますか、珠珠《じゅじゅ》様！」と声がかかり、その声の主が夏蓮《かれん》であることまで見て取ってから、珠麗はようやく、現状を思い出した。

（ああ、そうか。結局私、殿内に上がってしまったんだわ……）

昨夜、突然涙ぐんで忠誠を誓いはじめた夏蓮を持て余し、ひとまず、珠麗はもう一晩後宮で過ごすことを決めたのだった。一応儀式はまだ続いているわけなのだから、今度こそ大失態を犯せば、まだ落札の可能性はあると信じて。

それに、胡麻《ごま》で発疹《ほっしん》を起こして病を装うという手もまだ残っている。たぶん夏蓮は疲れて寝ているだろうから、自分が早起きして厨《くりや》に侵入すればいい話だ――そう自分を宥《なだ》めて眠りについたはずだったが、目の前で跪く夏蓮を見て、珠麗は選択肢が一つ減ったことを理解した。

「……なんで、もう完璧《かんぺき》に支度を済ませているのよ、夏蓮？」

「主《あるじ》より先に起き、支度を整えるのが女官の本分でありますので」

夏蓮は、一筋の髪の乱れもなく、化粧まで済ませていたのである。

表情は凛《りん》と引き締まり、酔いは見る影もなかった。

「あの。体調とか体調とか体調とか、大丈夫なの？　あれだけの火酒を飲まされたんだから、もっと寝ていていいのよ。あるいは、御薬房《ごやくぼう》に行って来るとかどう？」

「それが、部族の掟《おきて》でこれまで酒は飲んでこなかったのですが、私は意外にも強い体質であったようです。それに、砂漠を旅する韋族《イぞく》に医者はなく、代わりに幼子でも薬草の扱いに長《た》けています。すでに今朝がた御薬房に忍び込み、記憶を頼りに手当たり次第に薬草を食《は》んでみましたら、ほぼ完全に回復しました」

「強いな韋族」

思わずぼそりと呟いてから、珠麗はもぞもぞと寝台を下りた。

自身の脱出が第一とはいえ、先ほどの悲鳴がなんなのかは気になる。

甲斐甲斐《かいがい》しく世話を焼こうとする夏蓮を振り払い、声が聞こえた方角に向かってみれば、門前には、すでに白泉宮の貴人《きじん》と女官たちが集まり、ざわついていた。

「なんということ……。いったい誰が、こんなことを……」

「わかりきったことじゃないの、静雅《せいが》様。かのお方が、火酒の『ご厚情』で嘉玉《かぎょく》を妨害できなかったから、次の手を講じてきたのだわ」

「ひ……っ」

静雅は痛ましそうに眉《まゆ》を寄せ、紅香《こうか》は顔を怒りに染め、嘉玉は真っ青になって震えている。

「やり口が一気に、苛烈《かれつ》化しましたわね……」

蓉蓉《ようよう》もまた、唸《うな》るような声で呟いていた。

「なに？　どうしたの？」

すっかり取り残された珠麗は、人垣をかき分けて身を乗り出し、皆の視線の先にあるものを理解すると、大きく目を見開いた。

門から入り口へと続く石畳の上に、よく肥えた豚が打ち捨てられていたのである。

その首は掻《か》き切られ、丁寧にも、血だまりを広げながら、胴体の隣に立てられていた。

珠麗も思わず、傍らにいた夏蓮の服を握りしめ、「これは、なんて……」と声を震わせてしまう。

「ええ、珠珠様。なんて惨《むご》い――」

「なんて、見事に肥《ふと》った、おいしそうな豚なの……！」

「え」

だが、きっとわかってくれると思った夏蓮が、戸惑ったような声を上げたので、珠麗もまた戸惑いの声を上げた。

(だって……こんな毛艶《けづや》もいい、上質な豚、見るのも久しぶりだっていうのに……)

美食の残り物をつまめた花街はともかく、貧民窟での食生活は質素極まりなかった。

いや、礼央《りおう》に甘えれば上等な肉が手に入るのはわかっていたのだが、なにしろ背後に値札が付いている気がして、手が伸びなかったのだ。

玄岸州《げんがんしゅう》までを踏破する際、生きるために珠麗は蛇や蛙《かえる》だって食べたことがあったし、貧民窟に落ち着いてからは、獣を狩って捌《さば》くこともざらだった。もはや、四本足の動物を前にすると、自然と唾《つば》が湧くほどに、いろいろ鍛えられていたのだ。

この三日、後宮で食事は供されたものの、儀式の成功を祈って初日に祭祀《さいし》に豚を捧《ささ》げるため、最終日にそれが胙肉《そにく》として振舞われるまでは、厨からの食事に肉が出ることはない。

財力に自信のある妃嬪《ひひん》は、金子にものを言わせて肉を手配したりするのだが、冷宮に等しい白泉宮の貴人たちにはそれができるはずもなく、つまり、珠麗はここしばらく、肉にありつけていなかったのである。

「恐ろしいわ……！　だ、誰か、一刻も早く、この豚をどうにかしてちょうだい！」

「ですが紅香様、太監《たいかん》たちは皆、朝から出払ってしまって……きっと、太監長《たいかんちょう》様か祥嬪《しょうひん》様の差し金ですわ」

「紅香様、静雅様、申し訳ございません……わ、わたくしが、狙われたばかりに、皆様まで巻き込んでしまって……」

貴人たちは半ば恐慌状態に陥っている。

「ですが、いつまでも動物の死体をこのままにしておくわけにもまいりません。太監がだめなら、心ある武官を――」

蓉蓉は提案しかけたが、なぜだか途中で口を閉ざした。

「だめですわ、今、彼は、動けない……」

なにか懊悩《おうのう》している様子である。

「あのう……」

珠麗はおずおずと、いや、いそいそと、一同の前に進み出て声を上げた。

「もしよかったら――」

「開門なさい」

だがそこに、鈴を鳴らすような美しい声が響いた。

「…………！」

真っ先に、夏蓮がはっと息を呑《の》む。

白泉宮の貴人たちも、蓉蓉も、一斉に顔を強張《こわば》らせた。

恭しく頭を下げる側仕《そばづか》えたちに門を開けさせ、優雅に裾《すそ》を捌きながら門をくぐったのは、誰あろう――祥嬪・楼蘭《ろうらん》であった。

「ごきげんよう、白泉宮の皆様」

「……祥嬪様にご挨拶《あいさつ》申し上げます」

女たちは、警戒を滲《にじ》ませながら、慎重に礼を取る。

これまで、妨害を女官やほかの妃嬪に任せていた楼蘭が、こうして直接乗り込んできたのは初めてのことだ。

その事実に相手の本気がにじむようで、自然と緊張が高まった。

「祥嬪様におかれては、どのようなご用件でいらっしゃいますでしょう」

「まあ、怖いお顔をなさらないで、純貴人《じゅんきじん》。瑞景宮《ずいけいぐう》に仕えていた女官がそちらでお世話になると聞いたので、挨拶に伺っただけですわ。ただ、門前まで来てみたら、ずいぶんと騒がしい様子なので、どうしたのだろうと思いまして」

楼蘭は、さも心配そうに眉を寄せてみせた。

「いったい、なにが起こったのです？　獣の血で、宮が汚されているではありませんか。厳粛なる儀式のさなかに、豚の死骸《しがい》を送り付けられるほど、どなたかの恨みを買いましたの？」

「あなた……っ！」

「いけません、紅香様！」

かっとなって身を乗り出した紅香を、青褪《あおざ》めた嘉玉が縋《すが》りついて止める。その目には、涙が浮かんでいた。

「し、祥嬪様……っ。お願いでございます、わたくしがご不快ならば、どうかお怒りはわたくしだけに。ほかの皆様を、巻き込まないでくださいませ……っ」

あどけなさの残る瞳《ひとみ》には、恐怖と悔恨とが渦巻いている。

火酒の「ご厚情」ならば、被害は嘉玉だけで済んだ。けれどそれを珠珠なる少女に肩代わりさせ、躱《かわ》してしまったがために、報復はより苛烈なものとなってしまった――。表情からは、彼女のそんな苦悩がありありと読み取れた。

「わたくし、本日の選抜には臨みません。落札となっても構いません。ですからどうか、このような嫌がらせは――」

「まあ、悲しい」

内気な嘉玉の、勇気を振り絞っての懇願は、しかしあっさりと遮られてしまった。

「恭貴人《きょうきじん》は、わたくしがこのような嫌がらせをしたとおっしゃるの？　証拠もなしに」

「…………！」

「そして、儀に臨むに際して、わたくしが脅威を感じるほど、ご自身は優れた妃嬪候補であるとおっしゃりたいのね。……自信家ですこと」

嘉玉がみるみる顔色を失う。

太監たちはほとんど楼蘭の手の内だ。証拠もなしに糾弾してはやり返されるだけだし、非難それ自体を侮辱と捉えられ、罰される恐れすらあった。

言葉を失った嘉玉の代わりに、静雅と蓉蓉が素早く前に出た。

「恐れながら、祥嬪様。恭貴人は、儀式前の緊張からか、少々取り乱しているようでございます。もちろんわたくしどもは、これを祥嬪様の仕業などと『誤解』してはおりませんわ」

「ええ。まさか、妃嬪の手本たる祥嬪様が、このように卑劣で残忍なことをなさるなんて、ありえませんもの」

押し殺した声で告げる静雅に比べれば、蓉蓉の言葉選びはいささか好戦的であろうか。相手をまっすぐ射貫《いぬ》く瞳には、抑えきれぬ怒りの色が覗《のぞ》いていた。

「まあ」

だが、楼蘭はかけらも動揺せず、ますます思わしげに、両手で胸を押さえた。

「では、どなたが、こんな卑劣で残忍なことをしたのでしょうね。犯人が野放しになっているだなんて、後宮の平和に心を砕く嬪《ひん》の一人として見過ごせませんわ。犯人捜しに協力いたします。太監たちに、この宮の探索を命じましょう」

それから、今思いついたとばかりに、付け足す。

「あなた方の取り調べと、警護もね」

「祥嬪様！」

それはつまり、昼からの選抜に参加させないということだ。

ここまで、静雅に制止されていた紅香は、とうとうその腕を振り払って声を上げた。

「これは、嫌がらせなどではありませんわ」

強く握りしめたこぶしが、ぶるぶると震えている。

「あなた様からのものではないのはもちろん……これは、嫌がらせなどでは、ない。単に、わたくしたちが、肉を食したくて手配した豚が、手違いで、門前に置かれただけなのです」

一語一語、言葉がちぎれるようなのは、それだけ彼女が怒りをこらえているからだ。ごまかしを嫌う紅香が、こんな見え透いた嘘《うそ》をつかなくてはならないというのは、ずいぶんな恥辱に違いなかった。

だが、今は主義を曲げてでも、これを「事件ではない」ことにしなくては、彼女たちは儀に臨めないのだ。

紅香の意図を察した嘉玉もまた、決死の覚悟を宿らせて、申し出た。

「祥嬪様はもちろん、誰も、犯人ではございませんし、……わたくしどもも、なんら、被害を、受けておりません」

「そう。この豚を仕込んだのは、ほかの誰でもなく、あなた方自身だとおっしゃるの」

満足そうに微笑《ほほえ》む楼蘭を見て、周囲はてっきり、これが彼女の目的なのだと思いかけた。

つまり、嫌がらせを仕掛けておきながら、被害者自身に嫌がらせなどなかったと言わせることが、狙いだったのだと。

しかし、

「だそうでございます、太監長様」

楼蘭がしずしずと背後を振り返ったのを見て、間違いを悟った。

「この豚を用意したのは、ほかの誰でもなく自分たち自身だと、今はっきりとお認めになりました」

その視線の先には、大量の部下を引き連れた、太監長・袁氏《えんし》がいたのである。

「なんと、不敵なことだ」

あからさまに険しい表情を浮かべている彼を見て、白泉宮の女たちは不安を覚えた。

「なぜ、この場に太監長様が……」

「内務府《ないむふ》で、看過できない事件が起こったものでしてな」

袁氏は、ゆったりとした体を揺するようにして門をくぐり、ぐるりと一同を睥睨《へいげい》した。

「祭祀に捧げられていた豚の一体が、突然消えたのですよ。祥嬪様によれば、昨晩より白泉宮が騒がしく、なにやら怪しい動きをしているという。そこでこうして来てみれば……

神聖な贄《にえ》を盗んだのは、あなたたちでしたか」

「な……っ」

寝耳に水の事情を告げられて、嘉玉たちは絶句した。

一瞬遅れて、楼蘭の意図を理解する。

彼女は、単に血まみれの豚を送りつけて怖がらせようとしたのではない。

盗難の濡《ぬ》れ衣《ぎぬ》を着せて、それを太監長に処分させようとしているのだ。

「そんな！　誤解でございます。わたくしどもは豚を盗みなどしておりません！」

「そうですわ、だいたい、武官によって厳重に警護されているはずの祭壇から、いったいどうやってわたくしたちが贄を盗めるとおっしゃるのです！」

「こちらが聞きたいですよ。まあ、早晩明らかになるでしょう、じっくりと取り調べればね」

そうして袁氏の腕の一振りとともに、太監たちが一斉に嘉玉を、そして静雅と紅香を取り囲む。

取り調べ――つまり、太監長もまた、嘉玉たちが選抜に臨むのを妨げようというのだ。

楼蘭と袁氏は、共犯。

なにを主張しても無駄だと思い知り、嘉玉たちは震えあがった。

「あのう……」

と、そこに、やけに緊迫感に欠けた声がかかる。

「そういうことでしたら、私も取り調べていただく方向で、ひとつ……。ほら、私も白泉宮の一員といえば、一員ですし」

珠麗である。

緊迫した空気にすっかり取り残されてしまっていたが、楼蘭がせっかく儀への参加を妨害してくれるというなら、それに乗っかろうと考えたのである。取り調べで連行されるなら、揺籃《ようらん》の儀を欠席するこの上ない口実になるうえ、うまくすれば追放も見込める。そのためなら、盗難の濡れ衣を自分だけがかぶってもいい、と思った。

(楼蘭……どこかの男どもと違って、あんたは、あんただけは、いつも私を逃がそうとしてくれるわね)

悪意ゆえとはわかっていても、もはや信頼を覚えるほどである。

「な……、珠珠さん⁉」

「珠珠様⁉」

思いがけぬ申し出に、蓉蓉と夏蓮がぎょっとして振り返る。

だが、珠麗は不敵な笑みを浮かべて、二人を制した。

(まあ、安心してよね。あくまでこれは私のためだからさ。楼蘭、残念ねえ！)

内心では、楼蘭に向かって高笑いを決める。

楼蘭は嘉玉の妨害と、あわよくば珠麗への嫌がらせを狙ったのかもしれないが、残念、蹴落《けお》とせるのは珠麗だけだ。

（今ここで私がすべての濡れ衣を引き受けることで、嘉玉は取り調べを回避し、私は見事に後宮を逃げおおせるってわけ！）

貧民窟《ひんみんくつ》では、盗難は日常茶飯事であり、かなり軽微な犯罪として扱われる。いくら規範に厳しい後宮とは言え、さっさと自白してしまえば、せいぜい杖刑《じょうけい》のうえ追放、くらいなものだろう。女であれば叩《たた》かれるのも衣ごしのはずだから、なんとか耐えられる。

そんな計算のもと、「なぜそんなことを言い出すのです⁉」と大騒ぎする周囲をよそに、珠麗は悠々と、楼蘭たちの前に進み出た。

「貴人様方は、昼から大切な儀式を控えているのです。取り調べが厳正ならば、誰に聞いても等しく真実が導き出せるはず。ならば白泉宮の一員として、この私だけを――」

「どうかやめて、珠珠さん！　厳正な取り調べなどあるはずがない！　贅の盗難は腕を切断のうえ追放。か弱き女子《おなご》では、命すら危ういですわ！」

「え⁉」

だが、蓉蓉の悲痛な叫びに、ぎょっとする。

（いや、厳しすぎない⁉）

そして思い出した。

後宮では皇帝と、その祖先が絶対。贄を盗む――つまり祖先を祀《まつ》る祭壇を荒らす者というのは、厳罰に処されるべきという認識なのだ。

(後宮のやばさ、なめてた!)

後宮の危険度を忘れていたというべきか、貧民窟の危険度に染まっていたというべきか。とにかく、「わーい、冤罪《えんざい》をかぶれば後宮を出られるぞ」と喜べる状況ではなかったようだ。

だがしかし、すでに自信満々に、「私を犯人役にどうぞ」と申し出ているこの状況。

珠麗は浮かべていた笑みをぴしっと固まらせ、だらだらと冷や汗を流した。

「まあ。この状況下で自身を取り調べろとは、豪胆な方。それとも、自身が犯人だと認めて、罪を自ら申し出ようとしているのかしら?」

「い、いいえ!」

にこやかに追い詰めてくる楼蘭に、咄嗟《とっさ》に叫び返す。

「いえ、そうではなくて……」

そうではなくて。

けれど、なんと言い逃れればよいのだろう。

「そうではない? なにが違うと? あなた方はつい今さっき、この豚を、嫌がらせではないとおっしゃった。まさかその発言を翻し、わたくしを責めるおつもり?」

「え、ええと……」

「もしあなた方がわたくしを責めようとしているなら、念のためお伝えしておきますが、証拠もなく罪を突きつけ、人を陥れようとするのもまた、典範に定められた重罪ですわ」

滑らかに退路を封じていく楼蘭に、圧倒される。

焦りで視線が泳ぎ、丸々と肥え太った豚を意味もなく見つめ――そこでふと、珠麗は目を見開いた。

「……証拠」

「え？」

「これが生贄《いけにえ》の豚であるという証拠は、どこにあるのです？」

遺骸《いがい》のそばに跪《ひざまず》き、躊躇《ためら》いもなく豚の前肢を摑《つか》むと、一同に向かって掲げる。

脳裏によぎったのは、かつて郭《かく》武官から投げられた、侮辱の言葉であった。

『祭祀《さいし》の際、豚の焼き印は前肢の付け根に押すもの』。けれどこの豚には、それがない」

「…………！」

息を呑《の》んだ周囲に、珠麗は手ごたえを感じ、内心で胸を撫《な》でおろした。

（かつて郭武官に罵《ののし》られて、よかった……！）

まったく、人生なにが幸いするかわからないものだ。珠麗だってあの忌まわしい言葉がなければ、生贄に押される焼き印の位置など、一生知らなかっただろう。

「たしかに、焼き印はない……」

「な、なぜ、一介の小娘が、贄の焼き印の位置まで知っているんだ……?」

「やはりあの娘、ただ者じゃなさそうだぞ」

周囲で聞いていた太監たちがざわめいている。

なぜ焼き印に詳しいかを追及される前に、珠麗は一気に畳みかけた。

「祭壇に捧《ささ》げられる前、贄と食畜と区別するために、豚には焼き印が押される。なのにこの豚にはそれがない。つまり、これは祭壇から盗まれた豚ではありません。だいたい、祭壇から贄が盗まれたなら、祭壇を警護していた武官がもっと大騒ぎするはず。けれど、武官ではなく、あなたたち太監がやってきた。これはなぜ? もっと続けたほうがいいですか?」

「…………」

楼蘭が黙り込む。頭の回転が速い彼女だからこそ、これ以上の議論は不利になるだけと踏んだのであろう。

「証拠もなく罪を突きつけ、人を陥れようとするのは……なんですっけ?」

「まあ」

相手の言葉を使って珠麗がすごむと、楼蘭はごくわずかな間の後、申し訳なさそうに眉《まゆ》を下げてみせた。

「怖いお顔をなさらないで。勘違いしてしまっただけなのです。嫌がらせではなく、自分たちで手配した食料だと言い張るわりには、この宮には女手しかいないようでしたから、つい不思議に思ってしまって」

視線は、周囲の太監たちを油断なく捉えている。

これはつまり、「この遺骸の処分を、男手は手伝うな」という含みであろう。濡れ衣で処分はできぬと判断したから、ほかの手段で儀への参加を妨害しようというのだ。

「太監たちは儀の用意で忙しく、厨《くりや》の者も宴《うたげ》の用意に大わらわ。清掃の助けはとても呼べるはずはございませんわ。ですがここは白泉宮。この近くの舞台に向かうため、数刻後には皇太子殿下も門前をお通りになる。それまでに、獣血の一滴も残らぬよう清めなくては、殿下への侮辱と受け取られても仕方ありません。大変ですわね」

言い換えるなら、自分たちの手で遺骸と血痕《けっこん》を処理しなければ、皇太子への不敬で訴えるということだろう。言いがかりもいいところだが、たしかに理論としては成立する。

「ですが、ご自身たちで手配した豚とのことですもの。ご自身たちで、責任を取らねばね」

目を細め、傲岸不遜《ごうがんふそん》に言い切った楼蘭に、貴人たちが気色ばむ。

手伝いを禁じられた太監たちも、さすがに気がとがめたのか、身を乗り出すようなそぶりを見せたが、それを遮るように袁氏が手を叩《たた》いた。

「祥嬪様の仰《おっしゃ》るとおり、あと数刻もすれば皇太子殿下がお渡りになる。贄を盗んだのは貴人たちではないようですし、私はそろそろ失礼しますよ。おまえたちも、早くお渡りを迎える準備をするのだ」

皇太子の単語を聞いて刻限が迫ったことを思い出したのか、あるいは、贄の盗難自体が捏造《ねつぞう》であると指摘される前に、さっさとこの場を去りたいのか。その両方だろう、そわそわとしている。

「そんな、太監長様！」

「このままでは、せっかく太監長様が目を掛けた珠珠さんとて、儀には参加できませんわ。それでもよろしいのですか？」

静雅たちが必死の形相で引き留める。蓉蓉もまた、袁氏の自尊心に訴えかけようとしたが、彼は冷ややかに肩を竦《すく》めるだけであった。

「それもまた、天命のうちだ」

結局彼にとって、妃嬪《ひひん》などいくらでも替えの利く駒にすぎぬのだろう。見栄えがよく、才能に溢《あふ》れ、太監長を立てる様子を見せたから評価を与えたが、だからといって庇《かば》うほどではないということだ。

楼蘭はちらりと一瞥《いちべつ》を向け、袁氏とともに、優雅にその場を去っていった。

「あんまりですわ……」

やがて、取り残された女たちのうち、蓉蓉が呟《つぶや》く。

「自ら獣血を宮に撒《ま》き散らしておいて、清めない限りは儀に参加させないと？　太監たち男手も取り上げておいて……！」

ぐっと握った拳《こぶし》は、抑えきれぬ怒りで震えていた。

「申し訳……申し訳ございません、皆様。わたくしが、昨夜の時点で儀を放棄して、祥嬪様に跪いていれば、皆様を巻き込むようなことには……！」

「あなたのせいじゃないわよ、嘉玉。私たち全員、一度は目を付けられたんだもの。どのみちこうなっていたわ」

「泣いては、この後の選抜に障りますわ。涙をお拭《ふ》きになって」

とうとう泣きはじめた嘉玉を、紅香と静雅がそっと抱きしめる。

やがて年長の静雅が、覚悟を決めたように顔を上げた。

「嘉玉様。あなたは支度をなさいませ。おそらく本日の科目は舞。あなた様が最も輝ける場です」

「ですが、片付けをしないことには、参加など……」

「わたくしが一人で片付けます。だから、皆様は支度をなさって」

きっぱりとした主張に、嘉玉たちは息を呑んだ。血に塗《まみ》れて「片付け」などをしていては、まず間違いなく昼からの儀には参加できないからだ。

「なにをおっしゃるのです、静雅様！　せっかく教養の部で最上の評価を得たのに、最終日に欠席しては階位を落としてしまいます」

「そうよ、祥嬪様なら、腹いせに女官にまで落とすかもしれなくってよ」

制止する二人に、静雅は淡く苦笑して首を振った。

「そうかもしれません。けれど、腕を切り落とされて追放されるよりは、ましではなくて？　珠珠さんの機転に、わたくしたちは命を救われました。あとは年長のわたくしが──この白泉宮の貴人たちの、機会を守る」

「そんな……」

「この数年、後宮の空気はすっかり殺伐として、せっかくともに暮らしているというのに、わたくしたちはまるで心を通わせず、わたくしは年長なのに、少しもあなたたちを導きはしなかった。けれど、珠珠さんを見て、目が覚めたの」

くるりと振り返った彼女に、珠麗は「わ、私⁉」と声を裏返した。

「ええ。あなたは呼吸でもするように、わたくしを、貴人たちを、そして女官をも救ってくれた。わたくしも、なにかをしたくなったのですわ」

筆しか握ったことのないだろう白い腕をまくり、「掃除なら得意なほうです」と笑う静雅に、いよいよ蓉蓉がまなじりを決し、踵《きびす》を返した。

「武官を、呼んでまいりますわ」

「蓉蓉さん？」

「事情があるかとは思ったけれど……祥嬪のやり口は卑劣にすぎる。太監が使えぬと言うなら、心ある武官を呼ぶまでです！」

寵妃《ちょうひ》の称号を呼び捨ててみせたことに、一同は戸惑う。この少女は、いつだって物静かで穏やかであったはずなのに。しかし不思議と、険しい表情で門に向かう彼女には、まるで滲《にじ》み出るかのような、堂々たる風格があった。

「郭武官になら、わたくし、少々つてがありますのよ。こうなったら、引きずってでも──」

「ちょおっと待ったあ！」

だがそれに体当たりするようにして、必死な声が呼び止める。

声の主は、もちろん珠麗であった。

「か、郭武官？　郭武官呼んじゃう？　いや、やめましょうよ。そんな大事にしなくても、私たちで解決できるわ。ね！」

「ですが、珠珠さん。あなたのおかげで、取り調べは回避できましたが、窮地からは脱していませんわ。我慢も限界です。おぞましくも首を掻《か》き切られた獣を、女手だけで処理することなど──」

「できる！」

珍しく声を荒らげた蓉蓉を、さらに上回る声量で珠麗は叫んだ。

「できるわ！　私がやる！　だから、ことを荒立てないで！」

「珠珠さん……？」

「だって、豚を処理さえすれば、皆、儀に臨めるわけでしょ？　簡単な話じゃない。ここで下手に武官を呼んで騒ぎにしたら、少なくともそのかどで評価が下がるわ。ね？　つまり、豚を処理して儀に臨む、これが最善よ」

懸命に訴える相手に、蓉蓉は眉を寄せた。

「珠珠さん……貴人様方を案じるお気持ちはわかります。けれど、いかに才能溢れるあなたであっても、さすがに獣の遺骸《いがい》を処理なんて……」

「できる。なんなら、捌《さば》いて内臓を処理して、血を煮固めるところまで余裕よ」

「は？」

目を見開いた一同に、珠麗は胸を張った。

「言っておくけど、私はかなり経験豊富よ。大いに頼ってもらっていいわ。というわけなので、皆は殿内に戻って、支度をしてちょうだい。私は、儀なんか出なくて大丈夫だから」

さっさと皆を追い払う。

郭武官と会いたくないあまりに切り出したことだったが——だって、彼が絡むとなぜかいつも後宮脱出が困難になる――、話しながら、これはなかなか妙手だぞと思いついた。盗難の濡《ぬ》れ衣《ぎぬ》を着せられるのは被害が甚大だったからやめたが、ならば、後始末を引き受ければいいわけだ。

珠麗だけが掃除をすることで、皆は堂々と儀に参加できるし、珠麗は公然と儀を欠席でき、かつ、豚の肉や内臓まで頂戴《ちょうだい》できる。

(で、一人きりになった隙をついて、仮病を使えばいいんだわ！)

こんな奇策を思いつく自分がアレで本当にアレだった。

「で、ですが、こんな惨《むご》たらしい遺骸を」

「惨《むご》たらしい？　美味《おい》しそう、の間違いでしょう」

「運ぶのだって一苦労する大きさよ。強がりを言わないで！」

「ばらせばいいのよ。器用な私が捌くと内臓が傷つかなくていいと、評判だったのよ」

食い下がる蓉蓉や紅香をあっさりあしらう。

貧民窟で磨き上げた技術が、今こんな場面で身を助けるとは思わなかった。

(礼央たちに呆《あき》れられてでも、繰り返し獣を襲った甲斐《かい》があったってものだわ)

思い返せば二年前。短刀を与えられて歓喜した珠麗は、得物の切れ味を試す戦士のように、次々と野生の獣に襲い掛かり、捌きつづけたものだった。もっとも、そのほとんどの場合で、興奮した獣に逆に追いかけられたが、平均して三回に二回までは礼央が助けてくれた。そして、残る三分の一で珠麗はばりばりと経験値を上げ、今では豚ほどの大きさの獣でも、なんなく調理できるようになったのである。

「そんな、いけません。わたくし、いつもいつも、珠珠様に助けられてばかりで……っ」

と、嘉玉が真っ赤になった目で言い募る。

泣き虫な妹分は、よほど思いつめているのか、ぽろぽろと涙をこぼして裾《すそ》を摑《つか》んできた。

「珠珠様一人に、押し付けることなんて、できません。せめて、わたくしも一緒に……！」

「だめよ、嘉玉様。下手に素人が手を出すと、血生臭さに気絶したり、血だまりで転んで頭を打ったり、斧《おの》を振り間違えて人を殺しかけたりと、むしろ足を引っ張るわ。あなたができる最善は、私にすべてを任せることなの」

すべて体験談であり、最後の部分は礼央に言われた台詞《せりふ》でもある。

そして実際、珠麗の目的は儀を欠席して一人きりになることなので、嘉玉にいられては迷惑なのであった。

珠麗はそんな思惑を押し隠し、人が嘘《うそ》をつくとき特有の、満面の笑みを浮かべた。

「大丈夫。私が本気を出せば、こんなの一刻で終わるわ。その後急いで支度して、私も儀に参加する。本当よ。私が嘘をついたことなんてあった？」

「……昨夜、お酒を召したときに嘘をつかれていたような――」

「ああっ、そうだわ。嘉玉様、あなたには豚の膀胱《ぼうこう》をあげるわ。きれいにすすいで熱湯を詰めれば、寒い冬にいつでも暖を取れるの。ねっ、特別よ？　嬉《うれ》しいでしょ？」

冷静な指摘を寄越《よこ》しかけた妹分には、賄賂《わいろ》を押し付けて黙らせる。膀胱湯たんぽは、珠麗が豚から作り出す加工品の中で最も気に入っているものだ。人にあげるのは断腸の思いだが、仕方がない。

膀胱、と嘉玉が微妙な表情で黙り込んだのをいいことに、珠麗はぱんぱんと手を叩《たた》いて、周囲を本格的に追い払いにかかった。

「さあさあ！　皆は殿内に戻って支度をして。お願いよ。本当に、いられても邪魔になるだけなの。私を思ってくれるなら、皆は皆の本分を果たしてちょうだい！」

そう繰り返すと、嘉玉はじっと珠麗のことを見つめる。

子どものようにあどけない大きな瞳《ひとみ》には、涙の代わりに、強い、意志の輝きのようなものが滲《にじ》みはじめた。

「……承知しました」

覚悟を決めてくれたのか、嘉玉はひとつ頷《うなず》くと、ぱっと踵を返す。驚く静雅たちに、なにごとかを耳打ちすると、静雅たちもまた、納得したように殿内に引き返す。蓉蓉も、「くれぐれもお気を付けて」と言い残し、しぶしぶといった様子で、その場を立ち去った。

珠麗は、ようやく静かになったと息を吐いた。

（のんびり捌いて、掃除して……うふふ、やむをえず、儀は欠席することになるわねえ）

儀が始まるとき、嘉玉たちは「珠珠様を残して儀に参加など……！」と泣くのだろうが、
どうせ皇太子が前を通るとなれば、そんな悠長なことも言っていられないだろう。

（ふふん。後宮の女が、結局我が身を優先するっていうことは、すでに学習済みよ）

がそのとき、背後から声を掛ける者があった。

「珠珠様」

夏蓮である。

なぜか彼女は、目を爛々《らんらん》と輝かせ、こちらに向かって跪《ひざまず》いていた。

「どうか私をお役立てくださいませ」

「は？」

「私は韋族の娘。獣を狩り、捌くことにかけて、右に出る者はおりません。お一人では時間が掛かろうとも、この私も加われば、間違いなく一刻以内にすべての工程を終えられます」

告げられて、ぎょっとする。言われてみればその通りだった。

（その通りだけど……それじゃまずいのよ！）

珠麗は顔を引き攣《つ》らせながら、なんとか夏蓮を宥《なだ》めた。

「い、いいえ。気持ちはありがたいのだけど、あなたまで手を血で汚す必要はないわ」

「なぜです？　私は異教の、汚らわしい奴婢《ぬひ》……。後宮で、そう私を蔑《さげす》まぬ者はおりません。やっとそのことが、お役に立ちますのに」

「そんなことを言うものではないわ！」

身を乗り出す夏蓮を前に、なんとか説得の言葉を絞り出す。

「あなた、卑下するようなことを言っているけど、本当は一族にものすごく誇りを持っているんでしょう？　それに、言動が落ち着いているから誤解されやすいけど、本当は、血が苦手なくせに」

「……なぜそれを？」

「か、顔を見ればわかるわ！」

嚙《か》みながら、しまったと思った。

以前、散歩中に偶然鳥の死骸《しがい》を見つけたとき、夏蓮が震えているのを見たことがあったのだが、それは、「珠珠」が知るはずもないことなのに。

「そう、私は心の目で人を判断するの。出自なんか関係ない。あなたは優しくて、繊細な心を持つ女性よ。そんなあなたを、獣血に触れさせるわけにはいかないわ！」

力業の大嘘で押し切ると、相手はふと俯《うつむ》き、黙り込んだ。

（さ、さすがに嘘臭かった……!?）

だが、次に顔を上げた夏蓮が、ひしっと腕を握りしめてきたので、珠麗はぎょっとした。

「珠珠様……！　やはりあなた様こそが、私が生涯お仕えすべき方。お恥ずかしながら血は苦手でしたが、今全身に湧き上がる忠誠心で恐怖も吹き飛びました。もとより、族長直々に、それなりの技術は仕込まれてきた私です。豚は、必ずや私が捌きます！」

「は!?」

まさかの逆効果である。

制止する間もなく、素早く斧や刀の類《たぐい》を集めはじめた女官を前に、珠麗は白目を剝《む》くかと思った。

さすが夏蓮。一時期は豊喜宮《ほうききゅう》の管理を一手に担っていただけあって、動きにまるで無駄がない。なんの躊躇《ためら》いもなく斧を振り上げる様子を見て、もしやこれでは、半刻《はんとき》も掛からないのでないかと不安がよぎった。

(し、仕方ない、「処理は終わったものの不潔な身では儀に臨めない」作戦に変更よ！)

後宮では、沐浴《もくよく》のできる日取りと時間は厳格に定められており、身分の低い貴人の宮では、汚れたからとすぐに湯を浴びられるわけではない。絞った布で体を拭《ふ》くくらいがせいぜいだが、獣臭はそう簡単に落ちるものでもないのだ。

そう判断して、夏蓮の作業を横取りするなどして、積極的に血にまみれに行く。二人で協働した甲斐あって、またたく間に解体を終え、床もあらかた拭き終えた。あとは念のため、どうにかして夏蓮の目を盗み、胡麻《ごま》の入手を果たしたいところだ。

「ね、ねえ、夏蓮。疲れてきたでしょう。順番に休憩しない？　悪いけど、私、汚れすぎて気持ちが悪いから、着替えを済ませて、厠《かわや》に行ってくるわ。いいかしら？」

「もちろんでございます」

夏蓮に休憩を勧めても承諾しないだろうことは予想がついたので、あえて自分が先に休憩する姿勢を見せる。案の定、夏蓮は快く頷いてくれた。厠に行く代わりに厨《くりや》で胡麻を手に入れ、その後夏蓮に休憩してもらえば、計画通りである。

（よーし！）

だが、着替えのためいそいそと殿内の室に向かおうとした珠麗は、ぎょっと目を剝く羽目になった。

「珠珠さん！　お待たせいたしました！」

「新しい衣、そして手拭《てぬぐ》いですわ！」

「まずは手足の汚れだけこれで落とすのよ！」

「は!?」

なんと、蓉蓉と静雅、紅香が、衣や盥《たらい》を手に駆け寄ってきたのである。

「いや、あなたたち、舞の準備……」

「あなたを差し置いて、そんなのできるわけないでしょう！」

舞に備えるには、特別な化粧を施し、衣装や道具を用意しと、とかく時間がかかるのが常である。しかし、紅香たちはそれを笑い飛ばすようにして言い切った。

「あなたは獣を処理する。そしてその間、わたくしたちは本分を果たして、体を清める支度を整える。分担よ。これなら文句ないでしょう？」

「身だしなみを整えるのは、妃嬪《ひひん》の本分ですもの」

「ねえ？」

すっかり意気投合した様子の三人は、そうやってくすくすと笑い合う。なんでも彼女たちは、自分たちの支度をある程度進めてから、湯を沸かし、珠麗の衣まで用意して鏝《こて》を当てていたというのだ。

「い、いや、あの……お気持ちは嬉しいけど、残念ながら、拭《ぬぐ》った程度で落ちる汚れではないのよ。しっかり浸《つ》からねば無理だわ。でもほら、今は沐浴できないし、まさか泉に浸かるわけにもいかないし。ええ、本当に残念なんだけど、私は参加を諦《あきら》めて——」

「お待たせしました！」

たじたじとしながら、なんとか反論したが、それを遮るように、再び声が響いた。

「沐浴の用意が整いました！」

なんと、今度は嘉玉である。

それまでの控えめな態度はどこへやら、彼女は満面の笑みを浮かべると、力強く珠麗の手を取った。

「珠珠様。白泉宮よりさらに東の外れ、最奥の泉のほとりに、湯桶《ゆおけ》を用意しましたわ。どうかそこに浸かって、汚れを落としてください。人払いもいたしましたから」

「は……はあ!?」

予想外の展開である。

目を白黒させる珠麗に、嘉玉は得意げな子どものように胸を張った。

「わたくしたちでは、豚を捌《さば》くお手伝いはできないと判断したため、その後の湯浴《ゆあ》みを整えたのです。沐浴処《もくよくしょ》の湯は使えませんが、泉からならいつでも水を汲《く》める。存在を知られていない泉に心当たりがあったので、そこに大桶《おおおけ》を運び、石を熱して中に沈めました」

「い、いや待って……どうしてそんな都合よく秘密の泉なんて知ってるのよ……っ」

「お恥ずかしい話ですが、嫌がらせでよく衣を汚されることがあって……ときどきそこで、洗濯をしていたのです。夏場には、沐浴も」

嘉玉が照れたように漏らした事情の重さに、珠麗は顔を引き攣らせた。

「わたくしの生まれが卑しいからと、これまで嬪《ひん》や他宮の貴人様方からは、ずいぶん『ご厚情』を賜りまして……。ずっと怯《おび》えて、そのご厚情を詳細に日記に綴《つづ》ることくらいしかしてこなかったのですが、珠珠様に勇気をもらい、その方々に日記をお見せしたら、あら不思議。皆さま快く、桶運びや水汲《みずく》み、温石の提供に協力してくれました」

「な……」

それは、儀の直前に脅したということではないのだろうか。

「『妓女《ぎじょ》の娘は性悪女』。そんな誹《そし》りを恐れて、萎縮《いしゅく》してばかりおりましたが、考えてみれば出自は今さら変えられません。それを本分と割り切れば、心が楽になりましたわ」

「湯浴みは、嘉玉様の発案なのですよ」

「あなたもなかなか、やるじゃないの、嘉玉」

静雅や紅香は、まるで妹分の成長を見守るように目を細めているが、

（いや、むしろこれ、闇堕《お》ちしてんじゃないの……⁉）

珠麗は冷や汗を浮かべるばかりである。

「さあ、珠珠様、こちらでございます。何人たりとも立ち入らせるなと命じ、もとい、お願いしましたので、どうぞご安心なさって」

「ちょ……っ」

「申し訳ないのですが、あなたには掃除の仕上げをお願いできますか、夏蓮？」

「もちろんでございます」

こうして結局、否《いな》と言わせない女たちに半ば引きずられ、珠麗は泉のほとりでの入浴を余儀なくされたのである。

第七章　戦うつもりじゃなかった

やあ精が出るね。見てくれ、来訪される皇太子殿下が、褒美に酒を振舞われたんだ。勤務中に呑《の》むのはまずいだろうけど、匂いだけでも嗅《か》いでごらん——。

優美な顔を笑ませ、門前の太監《たいかん》たちに気さくに小甕《がめ》を差し出した自誠《じせい》は、彼らが次々と気絶するのを見届けると、手際よく両手足を縛り、目に付かぬ茂みの脇に転がした。

「悪いね」

美しい顔は、穏やかに微笑《ほほえ》んだままだ。少し離れたところから内務府《ないむふ》を見張っていた太監たちも、すでに同様の方法で無力化した。総出で皇太子の来訪を迎えなくてはならない時分のわりに、ずいぶんと厳重な警備である。さらなる刺客もありえるか、と、自誠は気を引き締め、脇に差した刀に手を置き直した。

(今日はもう、存分に暴れられる)

これまで、武官として振舞い続けるために極力ことを荒立てずにいたが、「皇太子」が後宮にやってくる今日を限りに、この偽装も限界を迎えるだろう。逆に言えば、もう怪しまれるのを気にしなくてもいい。

周囲の気配に注意しながら、自誠は素早く内務府の最奥に近付いた。

目算通り、中はもぬけの殻だった。広大な庫房や太監の詰め所を通り抜け、上等な調度品に溢《あふ》れた空間へと踏み込む。太監長《たいかんちょう》・袁氏《えんし》の執務室だ。

扉の脇にも、見張りの小姓が隠れていた。酒で気を引くのも難しいため、可哀想《かわいそう》だが、脇を殴って気絶させる。すべてを淡々とこなし、自誠はとうとう、奥の文机《ふづくえ》までたどり着いた。

「さて」

実を言えば、この内務府も、この五年の間に検《あらた》めはしていた。

毒物、金子、隠し扉、呪術具《じゅじゅつ》、恫喝《どうかつ》の証拠。そうしたものがないかをつぶさに確かめ、いずれも空振りに終わっていたのだ。ここには、清廉潔白な勤務ぶりを表すような品しかありはしなかった。

だが、金璽《きんじ》を標的に絞った今となっては、話が違う。

自誠は、金璽や金印がずらりと並んだ一角に向かうと、それらを念入りにたしかめた。

どれも上等な漆箱に入れられ、紐《ひも》も折り目正しく掛けられている。一つ一つ開けてみれば、印面は朱のかけらひとつ残らずきれいに拭われ、手入れされていた。

真っ先に、最も大きく、純金で作られているものを検めたが、それは太監長自身の金印であった。小ぶりなものまで次々と開封していくが、烏《からす》を操るにふさわしい文面を記した金璽は見つからない。

(……いや)

だが自誠は、ふと、鈕《ちゅう》もない、武骨で大ぶりな銀印に目を留めた。

印面はさほど大きくないのに、持ち手部分がやけに太い。側面にうっすらと細い線を見て取った彼は、はっとしてそれを手に取り、傾けた。掌《てのひら》に感じる、中のなにかが動く音。

はたして、側面の線に爪を立てると、銀印は二つに割れ、中から小さな金印が現れた。

繊細な鈕は烏の意匠。そして——古めかしい文字で刻まれているのは、「大天華国《てんかこく》皇帝より烏に命ず」というほどの一文。

「……見つけた」

興奮を押し殺し、金璽を握りしめる。素早く手巾《しゅきん》に包んで懐にしまい込むと、彼はついで、偽装の銀印を収めていた漆箱を検めた。

皇帝に代わり烏に「罰」を命じていたなら、そのやりとりの記録や、標的を恫喝するための書状などもどこかにあるはずだ。銀印と同じく、この漆箱になんらかの偽装の仕掛けを施している可能性もある。

だが、器用な指先が、箱の底面に違和感を感じ取ったそのとき。

「なにをしておいでですか、郭《かく》武官殿」

背後から声を掛けられた。

振り向けば、年若い太監である。

まるで磨かれた黒曜石のように鋭い瞳《ひとみ》で、真っすぐこちらを射貫《いぬ》く相手に、自誠は悠然と笑みを浮かべてみせた。

「やあ。実は太監長に忘れ物を取ってくるように頼まれてしまってね」

「忘れ物、ですか」

「そう。ほら、この――」

自誠は忘れ物を探るようなそぶりをすると、次の瞬間、目にも留まらぬ速さで、懐から取り出した匕首《あいくち》を投げつけた。

ビュ……ッ！

刃は銀色の軌跡を描いて、まっすぐに相手の首を狙う。だが、太監はわずかな動きでそれを躱《かわ》し、素早く跳躍して距離を取った。自誠の利き手とは反対の、死角にあたる場所へだ。

「ふうん。優男と評判の皇太子にしては、まともな太刀筋だ」

ビンッ、と音を立てて壁に突き刺さった匕首を無感動に眺め、青年は嘯《うそぶ》く。

「目的のためとあらば躊躇《ちゅうちょ》なく人を殺そうとする姿勢は、評価しないでもない」

急襲されたというのに、不自然なほど悠然としている相手に、自誠は警戒の姿勢を取った。

「君も、太監というには、やけに敏捷《びんしょう》な身のこなしだね」

刀に手をかけながら、目を細めて相手を検分する。

精悍《せいかん》な体つきの、長身の男。鼻筋は通り、目元は涼しげで、美男と言っていい。その割には、去勢した太監特有の中性的な雰囲気はなく、刃物のように鋭い印象だけがある。無造作に立っているようで、どこにも隙がなかった。

「……見たことがない顔だ」

「そりゃ、妓女のように麗しいあんたのご尊顔に比べれば、印象度で劣る。悲しいな」

自虐のような口調でありながら、自誠を皇太子と知って妓女に喩《たと》えるなど、不敬にもほどがある。

自誠は剣呑《けんのん》に目を細め、今少し相手の正体に踏み込んだ。

「いいや。太監の顔は全員記憶している。君はこれまで、どの部署でも見たことがない。確実にだ。太監長の用心棒かい？」

そして、問いかけの言葉と同時に、目にも留まらぬ速さで刀を引き抜き、その首元へと斬りかかった。

キン――――ッ！

楽器のように澄んだ音が響き、自誠は、刀が弾《はじ》かれたことを知る。なんと、相手がなにげなく摑《つか》んでいるのは、文机から拾い上げた文鎮だった。

鈍器でもあるそれを、勢いよく叩《たた》きつけられそうになったところを、身をよじって躱す。

すると続けざまに拳《こぶし》、膝《ひざ》が襲い掛かり、埒《らち》が明かないと踏んだ自誠は、傍らの壺《つぼ》に飛び上がりざま、それを蹴《け》り倒して相手の足場を封じた。

ガシャン！

激しい音を立てて砕ける壺に、青年は後ろに跳んで距離を取り、片方の眉《まゆ》を引き上げる。

「皇太子のわりに、行儀の悪い戦い方をする」

「物惜しみしない、王者らしい戦い方だと受け取ってくれないかな」

「俺たちの血税をなんだと思っているんだ」

「見た感じ、君は税を納めない類《たぐい》の人間のようだけどね」

軽口の応酬をしながらも、二人は荒々しく攻撃しあった。

技量のほどは拮抗《きっこう》、いや、太監姿の青年のほうが強いだろうか。なにしろ彼は、脇に差した刀を抜きもせず、周囲に転がった文具や破片でしか応戦していない。

ふむ、と、やがて納得したように、青年は頷《うなず》いた。

「宇航《うこう》よりは強いな」

「君は、何者だ。僕を皇太子と断じるなら、その僕の問いには答えてしかるべきだ。太監長の手の者か？」

挑発するように問えば、青年――太監に扮《ふん》した礼央《りおう》は、興覚めしたように戦闘態勢を解いた。

「やめてくれ。あんな小物を主《あるじ》と仰ぐ趣味はない」

「では、誰を仰ぐ？」

刀を握る手を緩めぬまま、じり、と距離を詰める自誠の前で、礼央は悠々と、片手で天を指した。

「空を制する『烏』が仰いでいいのは、太陽《こうてい》のみ」

「…………！」

自誠が目を見開く。

「では、……いや、若すぎる。ということは、君は――」

「ただし、好いた女のことならば、仰がずとも、慈しむ」

「なんだって？」

ひっそりとした独白に自誠が眉を寄せると、礼央は、まるで値踏みするような視線を寄《よ》越《こ》してきた。

「眉目秀麗《びもくしゅうれい》、文武両道。自ら武官なんぞに扮する無謀さはあるが、勘もさほど悪くない。甘えた考えに溺《おぼ》れず、さっさと人に斬りかかれる冷徹さも認めよう。だが――」

そこで、彼は初めて目を細めてみせた。

「その冷徹さでもって、あいつに躊躇《ためら》いもなく、焼き印を入れさせたわけか」

「なにを――」

言っている、と自誠が言い切るよりも早く、礼央は窓に駆け寄り、大きく声を張った。

「曲者《くせもの》だ！ 助けてくれ、太監長様の室に、曲者が！」

「なにをする！」

「印璽《いんじ》を奪おうとする賊が入った！ 太監たちよ、急ぎ内務府へ！」

肩を摑もうとする自誠をものともせず、礼央は火鉢横の油壺《あぶらつぼ》を相手の足元に叩きつける。同時に、懐から取り出した火種をこすり、それを飛び散った油の中に放り投げた。

ぶわっ！

炎はまるで、調度品を、そして自誠の衣の裾《すそ》を舐《な》めるようにして燃え上がる。

放火犯は自身であるのに、礼央はぬけぬけと言い放った。

「賊が火を放った！ 火事だ！ 誰か、助けを！」

「くそ……っ」

遠くから、大量の足音が聞こえる。やはり、袁氏はまだ駒を残していたのだ。いや、出火して煙が立てば、せっかく内務府を離れた袁氏自身も戻ってきてしまうだろう。

自誠は迷いなく、剣で己の衣を切り捨てると、勢いよく床に転がって残りの炎を消す。

床に膝をついた自誠を、礼央は冷ややかに見下ろしていた。

「あんたに不足はないが、気に食わない。俺が跪《ひざまず》くに値する相手かどうか、試させてもらおう。真《まこと》に天の加護厚き皇太子なら、劣勢に追い込まれても撥《は》ね退《の》ける天運があるはずだ」

「この僕の資質を測ると？　次代の頭領は、『鳥』らしからず、ずいぶんと忠義を知らない御仁のようだ」

礼央をひと睨《にら》みしてから、自誠は窓に足をかけ、室を飛び出た。

証拠の金璽は手に入れたわけだから、あとは逃げるほかない。

「追え！　あそこだ！」

「あれは……郭武官か⁉」

煙に引かれて集まってきた太監たちが、続々と自誠を追いかけるのを見守りながら、礼央は肩を竦《すく》めた。

「むしろ、らしいと言うべきだ。鳥は人を試す生き物だからな」

ついで、いよいよ広がりはじめた炎から、すいと漆箱を救い出す。

先ほどまで銀印が――いや、「鳥」を動かす金璽が収まっていた箱だ。

「まったく、親父《おやじ》ときたら、こんなちっぽけな印で操られるとは。これだから宮仕えなんて」

うんざりした口調で箱を放り投げ、再び受け止める。

「……底を、探っていたか」

そこでふと、先ほどの自誡を思い出し、礼央はくるりと箱を引っ繰り返した。裏社会では、物を隠せる調度品が人気のため、この手の細工は熟知している。

難なく、底に隠されていた紙の束を引っ張り出すと、礼央は眉を寄せた。

女の字だ。家族に宛てた手紙と見える。

差出人は——姜《きょう》楼蘭《ろうらん》。後宮では祥嬪《しょうひん》と呼ばれる、珠麗《じゅれい》の友人だった女だ。

「へえ?」

礼央は内容を一読すると、それを懐にしまった。

ひとまずは、皇太子の足掻《あが》きぶりを見届ける必要がある。

すっかり炎に包まれた室を悠然と横切り、礼央はその場を去った。

＊＊＊

「はああ……」

珠麗は、真新しい白衣《したぎ》に袖《そで》を通してから、両手で顔を覆ってその場にしゃがみ込んだ。

泉のほとりである。

すでに太陽は天高く昇ろうとしていたが、生い茂る枝に遮られ、泉の周囲は鬱蒼《うっそう》としている。存在が知られていないという泉は、透き通って鏡のようであった。傍らに置かれている湯桶《ゆおけ》からは、沈められた温石の甲斐《かい》あって、ふうわりと湯気が立ち上る。霧たゆたう泉、という、まるで絵のような光景になっているわけだが、それを味わう余裕など、今の珠麗にあるはずもなかった。

（気持ちよかった……ちょっとのぼせた……いや、そうじゃない。そうじゃなくて）

どんよりとした目で、湯桶を振り返る。

嘉玉《かぎょく》が心を砕いて用意してくれた湯桶は、湯加減も素晴らしく、冬だというのに花弁まで散らされていた。おかげで獣血もきれいに流され、うっかり至福の入浴を楽しんでしまったが、いやいや、そんなことをしている場合ではないのである。

（流されるままに、後宮に居残っちゃってどうすんのよ……っ）

今頃は胡麻《ごま》で発疹《ほっしん》を起こし、伝染病の発生源として後宮から蹴りだされているはずだったのに、結局これまでの時点で自分がしてきたことと言えば、豚を捌《さば》き、入浴して身ぎれいになったことくらいである。充実感すら漂う。

（焼き印が見られれば、即処刑だっていうのに、さすがに危機感がなさすぎるんじゃ⁉）

珠麗は屈《かが》んだまま、白衣の身頃をぎゅっと摑んで懊悩《おうのう》した。この襟元が少しでもはだけようものなら、待つのは死なのだ。だというのに、この呑気《のんき》さときたら我ながら呆《あき》れるほどだ。

（いっそ、今、逃げ出しちゃうとか……）

にわかに差し迫った心地を抱き、ふと周囲を見渡す。入浴介助を申し出た女官たちを全力で追い払った甲斐あって、今、珍しく珠麗は一人きりだった。そして、白泉宮《はくせんきゅう》に戻ろうものなら、賭《か》けてもいい、けっして一人きりになることはないだろう。

用意された鮮やかな舞衣装を胸に抱き、下着姿のまま、そうっと立ち上がってみる。外れというだけあって、泉の背後に広がるのは塀。その後ろには広大な森と山が広がっており、この塀を越えさえすれば、理論上、後宮の敷地からは出られることになる。

（い、行っちゃう……？）

心拍数が跳ね上がる。

文字通り着の身着のままで、せっかく掻《か》き集めた礼央への心付けも、殿内に置いてきてしまったが。

路銀はおろか、目先の食料も皆無だが。

野営は慣れているほうだし、工夫すれば、森を生きて出られるかもしれない。敷地から離れてしまえば、あとはどうとでもなる。

豪奢《ごうしゃ》な衣は、売り払えば金になる。入浴用に渡された香油壺《こうゆつぼ》があるから、それも持っていこう。

寒さを堪《こら》えて沓《くつ》だけを履き、念のため泉の水を飲んでから、珠麗はそうっと、塀のほうへと近付いてみた。

　この高さなら――。

「逃がさん！」

「うわあああああ！」

が、突然背後から、茂みを掻き分ける足音と、男の鋭い叫び声が聞こえて、珠麗は飛び上がった。

「ひえっ！」

　慌てて振り返ってみれば、凄《すさ》まじい勢いで近付いてくるのは、なんと郭武官である。

　とうとう彼は、こちらが逃亡を計画しただけで、それを察知する能力を会得したのか。

が、よく見れば彼は険しい表情で口を引き結んでおり、大量の足音も、荒々しい怒声も、彼の背後から響いているのであった。

　どうやら、「逃がさん！」の対象は、郭武官のほうであったらしい。

「へ!?　な、なに!?　どういうこと!?」

「なぜ君がここに……！」

　狼狽《ろうばい》していると、彼のほうも珠麗を認めたらしく、驚きに目を見開いている。

　いやしかし、尋ねたいのはこちらのほうであった。

「なぜもへちまもないわよ！　なんだってこんな僻地《へきち》に――ぎゃっ！」

が、事情を問う間もなく、いきなり短刀が飛んできて、悲鳴を上げる。咄嗟《とっさ》に郭武官が抱き寄せてくれて、事なきを得たが、目の前すれすれを通過していった刃先に、ざっと血の気が引いた。

戦闘に、巻き込まれている。

「なぜ女が一人で、こんな場所にいるんだ！」

「諸事情でよ！　あんたこそ、なんでこんな場所で太監たちに追いかけられてるのよ！」

「諸事情でだ――くそっ」

今度は、追いかけてきた男の一人が長剣で斬りかかってきた。郭武官も刀を引き抜き、片手で受け止めてみせたが、珠麗を庇《かば》いながらの応戦には難儀するらしい。舌打ちしている。

それでも、斬り結んだまま相手を蹴《け》り倒して素早く肩を刺し貫くと、その刀を引き抜く反動で、背後からの斬撃を弾《はじ》き飛ばした。

ガッ！　と鈍い音を立てる男たちの間を、珠麗は転がるようにして飛び出してゆく。

「おい、君――」

「どうぞ私にはお構いなく！」

せっかくの庇護《ひご》をさっさと逃れてしまったことに、郭武官は驚いたように目を瞠《みは》ったが、珠麗は構わず叫んだ。

これでも、賊徒頭の礼央と近しかったために、荒事にもそこそこ巻き込まれているのだ。見たところ、郭武官は相当の手練《てだ》れのようだし、となれば、自分ができるのは、彼の邪魔をしないよう、さっさと距離を取ることだった。

「私、この人と関係ありませんから！　しがない通行人ですから！　この一連の出来事を、見ても聞いてもいませんから！」

このとき、さりげなく郭武官よりも後ろに陣取るのがコツだ。こうすれば、攻撃のほとんどは彼に当たる。要は、盾である。

一番強い人間の背後に隠れる――これが、礼央と過ごした二年で珠麗が学んだことであり、そのために彼女の指定席は常に礼央の後ろだった。

「はは、盾扱いかい？　まあ、いい。腕に抱きながら戦うよりは、やりやすいね」

「同意いただけてなによりよ」

すぐに激しい剣戟《けんげき》戦に戻っていった郭武官に、にっこりと頷《うなず》く。が、追手の太監が、彼の集中を削《そ》ごうとしてか、ぐるりと回り込んで珠麗に剣を向けてきた。

「ちょっと！　だから、私は巻き込まないでって言ってるじゃない！」

珠麗は咄嗟に香油壺を割り砕き、その破片を相手の手首めがけて振りかぶった。

狙いが逸《そ》れ、かすり傷しか負わせられなかったが、反撃されたことに驚いたのか、相手が体勢を崩す。すかさず体当たりして地面に沈め、刀を奪い取った。

「やるじゃないか」

その間に二人を斬り倒した郭武官が、軽く目を見開く。

声には珍しく、素直な称賛の響きが籠《こ》もっていた。

だが、珠麗としてはそれどころではない。反撃したことで「郭武官側の人間」と認定されたらしく、ほかの太監たちまで珠麗に襲い掛かってきたのである。

「この女……！」

「きゃあああ！」

砂で目つぶし。

「ちょっと無理いいい！」

奪った剣を投擲《とうてき》。

「ひえええええ！」

股《また》の下をくぐって攻撃を回避し、敵同士を頭突きさせる。

ぎゃあぎゃあ騒ぐものの、珠麗は下町流の戦法で、しっかりと敵の数を減らしていった。

「……清々《すがすが》しいほどに、汚い手ばかりだね？」

「悪い!?」

華麗かつ正攻法の剣捌きで敵をなぎ倒していた郭武官が呆れたように呟《つぶや》いたので、思わず噛《か》みつく。すると彼は、堪《こら》えきれないというように吹き出した。

「くっ……、いいや。実にいい」

見れば、彼の周りの太監たちは、全員地に倒れ伏している。

そのうちの一人から剣を引き抜くと、彼は、背後から珠麗に襲い掛かろうとしていた太監に向かってそれを投げつけ、いよいよ一人残らず、敵を無力化した。

「ありがとう。君が敵を引き受けてくれたおかげで、難なく倒せたよ」

「…………」

美しい顔で微笑《ほほえ》まれるが、珠麗は完全に息が上がり、返事どころではない。

しばし、泉のほとりには、はあはあと荒い息遣いが響き渡った。

「それにしたって……なんだって君は、そんな無防備な姿で、こんな場所にいるんだい？」

やがて、愉快そうに問われ、ぎょっとする。そういえば、今の自分は頼りない白衣一枚の姿なのだった。

「み、みみみ、見ないでよ、変態！」

身頃を両手で掻き抱き、耳まで真っ赤にしてしゃがみ込む。

「どうしても今湯浴《ゆあ》みの必要があって、泉まで来ただけよ。あんたこそ、なんだって
――」

なんだって、敵に追われているのか。そう問いかけた珠麗だったが、途中で口をつぐんだ。

直感が告げる。これは、巻き込まれたら面倒なやつだと。

珠麗は「あー」と唸《うな》りながら立ち上がると、努めて、楚々《そそ》とした笑みを浮かべた。

「おほほ。やっぱり、なにも仰《おっしゃ》らないでくださいまし。殿方にはいろいろと事情がおありなのでしょう。わたくしは、この一幕はすべて忘れますので、ご安心ください。ささ、郭武官様、お帰りはあちら――」

「自誠だ」

「は？」

しゃなりと、森の出口を指し示してみせたら、その腕を取られた。

「郭武官――郭玄《げん》ではない。僕の名は、自誠」

ごく自然な手つきで、そっと指先に口づけを落とされる。

「姓も、聞きたい？」

「いえまったく！」

妖艶《ようえん》な声での問いかけを、珠麗は脊髄《せきずい》反射で遮った。

自誠。

それは、この国の皇太子の名ではなかったか――いや、考えない。考えては負けだ。

「聞きたくありません！　これっぽっちも！」

「遠慮しないでくれ。だって君はすでに、この事態を予測していたみたいじゃないか。薄々、こちらの事情も察しているんじゃないのかい？」

「はい？」

ぽかんとして顔を上げれば、相手は物憂げに、地に倒れ伏す太監たちを見つめていた。

「武官に襲いかかる太監。君が昨日、画《え》に描いたとおりの光景だ。袁氏は、いよいよなりふり構わず、敵を排除しにかかっている」

「え」

絶句したのは、単純に、話に付いていけなかったからだ。

「いやあの……私、そんなつもりでは……」

「君はそうやって、すぐに力を隠そうとする。なぜだい？」

冷や汗を浮かべて逃げを打つと、今度は顎《あご》を摑《つか》まれ、顔を覗《のぞ》き込まれた。

「教養と才能に溢《あふ》れ、ときに真実を見通すような行動までするというのに、頑《かたく》なに能力を隠そうとする。それはいったいなぜで、君は、何者だい？」

「へ……っ？　い、いやあの、それは過大評価というか、大きな誤解ですかね……っ」

「そして、女としての栄華にもまったく興味がなさそうだ。――この僕にも。庇護の腕に抱かれても慌てて逃げ出し、顔を寄せられても冷や汗をかくばかり。僕の顔は、そんなにも恐ろしいかな？」

そう問いかける声は、切なげですらある。美貌《びぼう》がいっそう際立ち、周辺の空気を吸うだけで、普通の女性なら気絶しそうな色香であったが、珠麗は純粋に、危機感だけを覚えた。

この麗しの御仁に正体を見破られてしまえば、待つのは死だからである。

「君は――」

自誠の視線が、熱を帯びたものになる。

穴が開くほどに見つめられ、珠麗はいよいよ焦燥を募らせた。もともと、やたらと勘のいい男だ。これ以上観察されては、焼き印がばれてしまうかもしれない。

「そ、そんなことをしている場合じゃないの！」

凝視を躱《かわ》すためだけに、慌てて自誠を突き飛ばし、さっさと彼を追い越した珠麗だったが、そのとき、まさかの事態が起こった。

「………………！」

先ほど珠麗が体当たりで沈めていた太監が、音もなく、自誠の背後から刀を振りかぶってきたのである。

（えっ！）

あのまま自誠の腕の中にいれば安全だったろうに、なまじ飛び出て来てしまったがために――今、珠麗は、その軌跡の真ん前にいた。

どっ！

衝撃に備えて、咄嗟に目を瞑《つぶ》る。

胸元を、焼けるような熱が一筋掠《かす》めていき――しかし、それだけだった。

「え……？」

倒れているのは、自分ではなく、太監。

地に伏す太監の首元には、深々と壺の破片が刺さっていた。その彼が倒れ際に手放した刀が、珠麗の前身頃を掠めていったのだ。

「珠珠《じゅじゅ》！」

どっと鼓動が速まる。

「信じられない。君が倒したのか？」

背後を振り返り、事態を理解した自誠が愕然《がくぜん》とした顔で問い詰めてくるが、答えるどころではなかった。

「それとも『烏《からす》』か……？　いや、そんなことより、珠珠、斬られたのか……！」

白い衣に滲《にじ》む鮮血を見て取り、自誠が顔を険しくして詰め寄ってくる。

「見せるんだ。傷はどの程度――」

「や、やめて！」

我に返った珠麗は、両手で自身を掻《か》き抱くようにして後ずさった。斬りつけられたのは、焼き印のすぐ下だった。

「無事よ。大したことないから、見ないで！」

「馬鹿を言うな！」

珍しく、自誠が声を荒らげる。

「恥じらっている場合かい？　だいたい女の身で、なんという無茶をする！」

「し、したくてしたわけじゃないわよ！」

反射的に叫び返しているうちに、恐怖に凍り付いていた感情が一斉に押し寄せてきて、思わず珠麗は目を潤ませた。

もうたくさんだ。

逃げようとするたびに、郭武官は毎度自分を追い詰めてくるわ、正体は皇太子であるようだわ、目の前で人は死ぬわ、陰謀に巻き込まれるわ。

一度にたくさんの刺激に晒《さら》されて、頭が沸き立ってしまいそうである。

「も、もう、とにかく、私に近付かないで。見ないで。み、見られたら、私……っ」

「泣かないでくれ……」

ひくひくと喉《のど》を震わせはじめた珠麗を見て、自誠が困惑したように身を引く。

それから、その声を一際甘くして、静かに囁《ささや》いた。

「泣かせてしまって悪かった。君が僕のせいで傷を負ったということが、咄嗟《とっさ》に受け入れられなかったんだ。不埒《ふらち》な真似《まね》はしないと誓うから、傷を検《あらた》めさせてくれ。責任を取りたい」

「責任なんて取ってくれなくて結構よ」

「せめて詫《わ》びを」

眉根《まゆね》を寄せた珠麗にめげず、自誠はそっと、一歩近付いた。

「僕の正体は、もう理解しているのだろう。身分に見合う詫びくらいは、させてほしい。か弱い女性に、僕のせいで傷を負わせてしまったなど、矜持《きょうじ》が許さないんだ」

百人女がいたら、百人とも胸を高鳴らしそうな美貌を寄せられ、真摯《しんし》にささやかれたが、珠麗は胸の代わりに、赤くなった鼻を「はっ」と鳴らした。

「甘い声で囁けば、誰もかれもが従うとでも？　郭武官」

心が恐慌状態を脱し、感情が反転して強い怒りが込み上げる。

明かされた名ではなく、これまでどおりに相手を呼び、珠麗は胸をどんと突き飛ばした。

「泣き出した女に優しく囁ける男なんて、ろくでなしだと相場が決まってんのよ。あんたが詫びたいのは、私に申し訳なく思ったからじゃなくて、借りを作るのが嫌だからでしょう。そんな詫びなら、いらないわ。責任を取らずとも、守ってもらわずとも、結構！」

きっぱりとした宣言に、自誠が息を呑《の》む。

それは、彼がこれまで誰にも見せたことのない、無防備な表情であったのだが、怒り心頭に発している珠麗はそれに気付かなかった。

「っていうか、状況をよく見なさいよ。むしろ、私があんたを守ったんじゃないの！　まずそこに感謝してひれ伏しなさいよね！　そして、離れて！　こんなの自分で手当てできるし、胸を見られるほうが被害甚大なのよ！　さっさと、この場を去って！」

一気に言い切り、大きく息を吐き出してから、珠麗はふと思った。

（……あれ？　待って、私、今誰に啖呵《たんか》を切ってるわけ？）

皇太子殿下である。

怒りのあまり無視していた事実がにわかに頭をもたげはじめて、珠麗は青褪《あおざ》めた。

（えっ？　えっ？　それって、もしかして、まずくない？）

いや、もしかしなくても、まずい。

死した皇族に捧《ささ》げる贄《にえ》を盗んだだけで、腕を切り落とされるのだ。次期皇帝を「あんた」呼ばわりして、突き飛ばすなど、嬲《なぶ》り殺されてもおかしくはなかった。

「あー、あ、あの……っ」

「……そうか。そうだね」

珠麗はしどろもどろになったが、自誠はそれには構わず、ぽつりと呟《つぶや》いた。

「君は、僕を守ったのか」

「は？」

「……さすがは巫女《みこ》の予言だ」

唇に指先を当てて、なにか考え込んでいるようである。

急に置いてけぼりを食らった珠麗は、困惑に眉《まゆ》を寄せた。

「さっきから何なのよ、怒鳴ったり、囁いたり、独り言を言ったり……」

「……僕は、怒鳴っていたかい？」

「それすら自覚がなかったわけ⁉」

思わず叫ぶと、自誠は目を瞬《またた》かせた。

「へえ」

「なによ、『へえ』って⁉」

「いいや」

話を逸《そ》らすように、自誠はぐるりと太監たちを見下ろす。彼らの身分証である腰佩《ようはい》を帯から切り取ると、それを袂《たもと》に収め、ようやくこちらに向き直った。

「さて、君のおかげで、証拠の金璽《きんじ》も守りきれたし、袁氏配下の太監たちの名も割れた。礼を言うよ」

「爽《さわ》やかに話題を変えるわよね」

「傷については、今ここで無理に検めるのはやめよう。追って白泉宮に医官を手配するから、手当てを受けるように」

穏やかでありつつも、反論を許さぬ口調で告げてから、彼は微笑《ほほえ》んで請け合った。

「怪我《けが》が理由で儀に参加できなくても、落札とはならぬよう仕向けるから、安心してほしい」

「え!?」

むしろ安心要素が消えた。

ぎょっとし、だがその拍子に胸元がはだけそうになったため慌てて身を搔き抱き、と慌ただしい珠麗をよそに、自誠は颯爽《さっそう》と踵《きびす》を返した。

「では言葉に甘えて、失礼するよ。実際、もはや一刻の猶予も許されない」

「いや、あの……」

呼び止める間もなく、茂みに姿を消した彼を、珠麗は呆然《ぼうぜん》と見送った。

「もう、なにがなにやら――」

「とりあえず、どつぼに嵌《は》まったと思ってもらえれば間違いない」

とそのとき、突然頭上から声が降ってきて、珠麗はぎょっとした。

見上げてみれば、なんと樹《き》の幹の上に、見知った男が腰かけている。

「礼央!?」

驚きのままに叫べば、彼は溜息《ためいき》とともに、足音も立てずに飛び降りてきた。まるで猫のような、しなやかな身のこなしである。

「昨晩、ここを出て行ったんじゃなかったの!?」

「こんな危険物を、そのままにしておけるものか」

彼は、げんなりとこめかみを押さえていた。なぜなのか、彼は珠麗といると、この仕草をすることが多い。

「これがやつの天運ということか。いくら俺が試したからとはいえ……なんでおまえが大当たりを引きに行くんだ……毎度毎度、だれかれ構わず誑《たら》し込みやがって……」

「礼央？　あ、小黒《しょうこく》も」

いつの間にか宙を滑り降りてきた小黒も、まるで慰めるように彼の肩に留まっている。

カァ……、と諦《あきら》めたように鳴く烏が、壺《つぼ》の破片を嘴《くちばし》から落としたのを見て、珠麗は、先ほどの太監を仕留めたのが誰だったのかを理解した。

「もしかして、さっきは、礼央が助けてくれたの？」

「……まあな」

「どうもありがとう」

地に伏して事切れている太監たちを見つめながら、珠麗は短く礼を述べた。

仲間を助けるためとはいえ、彼が容易に人を殺《あや》めるのを見ると、やはりなんとも言えない気持ちが湧き起こるのだ。

人殺しは罪深い、けれど綺麗《きれい》ごとを言える身でもない――そんな複雑な思いを持て余し、口元を歪《ゆが》めていると、ふと礼央が頬に手を添え、顔を持ち上げた。

「傷が痛むのか?」

「え? いいえ——」

「すまなかった」

珍しく、鋭いはずの瞳《ひとみ》が、悄然《しょうぜん》としている。

彼は、珠麗のちょうど焼き印のあるあたりを見つめると、ぐっと眉を寄せた。頬に触れたのとは反対の手で懐を漁《あさ》ると、小ぶりな貝の容器を取り出す。

「朝顔の実と麻沸散《まふっさん》を練って作った痛み止めだ。傷口に塗ってくれ。もし熱が出るようなら、こっちの丸薬も砕いて飲め。ああ、それから、これは包帯代わりに。自分で止血できるか?」

いや、貝だけでなく、上等そうな丸薬も差し出し、さらには、自分の衣の袖《そで》まで引き裂いて、押し付けてくる。過保護と言っていい態度に、珠麗は目を白黒させた。

いや、たしかに面倒見のいい男ではあるが、こんなに心配そうな顔はされたことがない。

「ど、どうしたの、礼央? あんた、私が鶏捌《さば》きに失敗して手を血塗《ちまみ》れにしたときも、冷笑してたような男じゃない」

「出会って間もない頃の話だろう。それに、俺のせいで傷を負ったとなれば、話は別だ」

忌々しそうに呟く礼央に、首を傾《かし》げる。

「いや、郭武官が刺客に追われていたところに、私が巻き込まれただけでしょう？　どうしてそれが、礼央のせいになるの？」

「……その刺客をけしかけたのは、俺だから」

「はあ⁉　なにそれ、ばかじゃないの⁉　あんた、いったいなにしてんのよ！」

呆《あき》れて叫ぶと、礼央はすうっと目を細め、両手でがしっと珠麗の頬を挟みこんだ。

「『なにしてんの』、だと？　ほう、聞きたいか。郭武官に扮《ふん》する男の正体やその事情、俺がなぜやつを試したかの因縁まで含めて、全部聞きたいか」

「へ……っ⁉　い、いひゃだ、聞きたくなひ……っ」

「そうかそうか、よく聞かせてやろう。だいたい、触れたくもないあれこれに俺が触れてしまったのも、おまえがうかうか後宮に攫《さら》われ、その後もだらだらと居座っちまったからだもんなあ？」

珠麗は必死でもがいたが、礼央の手はびくともしなかった。

彼はにやりと笑うと、ご丁寧に耳元に唇を近付け、しっかりと言葉を注ぎ込むようにして話した。

「よく聞け。郭武官の正体は、皇太子・自誠。後宮の腐敗が進む中、己の妃嬪《ひひん》となる女を見極めるために、乳兄弟である郭 玄と入れ替わって、数年前から潜伏を始めた」

「い、いや、やめへ……！」

「目的はもうひとつあって、こちらのほうが重大だ。それは、後宮で権勢を誇る太監長・袁氏の、権力の源泉を探ること。妃嬪は彼に恐ろしいほど従順だし、後宮掌握の手腕と、錬丹術《れんたんじゅつ》への貢献から、皇帝さえ彼の言うなりだ。袁氏の増長を止めるには、その権力の源泉を探り、不正の証拠があればそれを握る必要があった」

礼央の話は簡潔で、すんなりと内容が染み込んでいく。

否《いや》が応でも泥沼政争を理解させられてゆく感覚に、珠麗は涙目になった。

袁氏は清廉な人物に見えた。金子のやりとりをした形跡も、秘密の地下牢《ろう》で人を嬲った形跡も、人事を強行したこともない。なのになぜか、寵愛《ちょうあい》を誇る祥嬪でさえ、彼には頭が上がらない。証拠探しは難航したが、自誠たちはとうとう真相に行きついた。

烏《からす》。

皇帝直属であるはずの隠密《おんみつ》部隊を、金璽を使って私物化し、その圧倒的な武力でもって、妃嬪を掌握しているのだと。

「子を守ることに必死の妃《きさき》や、無力な嬪《ひん》や貴人《きじん》など、袁氏にとってはどうでもいい。ただし入内《じゅだい》してすぐに寵愛を受けるほどの美貌《びぼう》と、知恵を持つ祥嬪は厄介だった。だが逆に言えば、彼女を支配下に置けば、あとは祥嬪が後宮を程よく管理してくれるということだ。そこで袁氏は、彼女を標的にし、脅すことにした」

思いがけず出てきた祥嬪の名に、珠麗が目を見開く。礼央は懐を漁ると、折りたたまれた紙を取り出した。

優美な女の手跡。楼蘭が書いた手紙だ。

「これをやろう。かつて祥嬪が、家族に向けた手紙だ。なかなか興味深いぞ。読んでみろ」

礼央が頰から手を放し、手紙を押し付ける。その内容を読み取り、珠麗は息を吞《の》んだ。

『――名君でいらした陛下の面影は、もはやございません。陛下は獣になられた。老いさらばえた獣のように身を丸め、呻《うめ》いてばかり。だらだらと涎《よだれ》を垂らし、妄想に取りつかれては怒り狂っておいでです。平時、政務の際には、大臣たちが必死で押し支え、陛下自身も衝動を堪《こら》えているようですが、夜、あるいは無力な奴婢《ぬひ》や女子相手には、それを露《あら》わにされるのです。たとえば――』

そこに描かれていたのは、賢君と名高い今代皇帝の、思いもかけぬ姿だった。

手紙は三枚にも及び、楼蘭自身に関わる部分では、恐怖に震えるように、字が揺れていた。

『――わたくしも、伽《とぎ》のたびに堪えがたい責め苦を受けております。背中に熱した鏝《こて》を当てられたことも、首を絞められたことも、虫や刃物を使って苛《さいな》まれたこともございます。入内時、陛下にはわたくしの声がよいと褒められました。ですが今や、その真意がわかります。陛下は、わたくしの悲鳴がお好みなのです』

いつも儚《はかな》げな笑みを浮かべていた楼蘭の姿を思い出す。

声は鈴が鳴るようで、家族思いの性格は天女のようだった。

『陛下は妃様方を伽にはお召しになりません。上級妃は皆大臣の娘で、彼女たちをいたぶれば、政務に支障が出ると理解されているからです。また、家格や容姿、才能に劣ると見なした嬪様方や、ほかの貴人たちも、お召しになりません。つまらないからです。わたくしは、家格が適度に低く、気骨があると見込まれて、伽に呼ばれるようになりました』

まだ貴人だったころの楼蘭を思い出す。妃嬪やほかの貴人たちを差し置いて、寵愛を一身に受けていた彼女。けれど、表情は硬かった。

女たちの嫉妬《しっと》を恐れてのことかと思っていたが、彼女が本当に恐れていたのは、皇帝その人だったのだ。

『陛下の気の病は、近頃一層加速しています。いち貴人のわたくしには、伽を断っても無事で済むような、後ろ盾などございません。どうかお助けください。わたくしを、後宮から救い出してくださいませ』

最後の一文までを読み切って、珠麗は青褪《あおざ》めた顔を上げた。

楼蘭の悲愴《ひそう》な訴えが、ぐるぐると頭の中を渦巻く。

今、ようやく、四年前の楼蘭が、なぜあんな無謀を働いたのかを、理解した。

「祥嬪・楼蘭は、家族に窮状を訴えた。だが、手紙は届く前に太監長に見つかり、逆に不敬であると脅された。皇帝への中傷は重罪だ。『烏』に見咎《みとが》められれば、一族郎党処断される。祥嬪には、幼い弟がいたようだな」

「弟……」

その単語に、珠麗はふっと、己が過去の後宮に引き戻された感覚を抱いた。

――弟しかいなかったので、姉妹ができたようで嬉《うれ》しいです。

珠麗が楼蘭と出会ったのは、入内の日だった。二人の入内は同日で、待ち時間に身の上話で盛り上がったことがきっかけで仲良くなったのだ。

楼蘭の美しさと優しさにすっかり心酔し、「私とお友達になってくれないかしら!?」と珠麗が暑苦しく身を乗り出したとき、楼蘭が返したのがその言葉だった。

――弟がね、少し珠麗様と似ていますのよ。そういう、甘え上手なところが。

いつだったか、彼女はそうも話していたっけ。

弟は年が離れているようで、彼が生まれたときから、楼蘭はほとんど母親のようにその世話をしていたそうだ。

甘えん坊で、食いしん坊で、寂しがり屋で手が掛かる。根拠のない自信に溢《あふ》れていて、語るのは調子のよいことばかり。けれど、少し口喧嘩《くちげんか》しただけで、捨てられた子犬のようにぽろぽろ泣いたり、雨の日や雷の夜、枕を持って「姉様」と部屋に押しかけ、体温の高い小さな手足を必死に絡ませたりしてくるのだそうだ。

それがたまらなく愛《いと》おしいのだと、楼蘭は語った。

――敵《かな》わないのですわ、あの子には。

困ったように、けれど嬉しそうに。彼女は目を細めていたっけ。

だがいつからだろう。弟のことを話すときの彼女の声には、愛おしさだけでない、切実な響きが籠《こ》もるようになっていった。

――あの子だけは、絶対にわたくしが守ると決めていますのよ。どんなことをしてでも生き延びて、あの子を守ると。……絶対に。

(一族郎党皆殺しとなれば、弟君だって死を免れない。それだけは……避けたかったのね)

かつての、春の日差しのように柔らかな楼蘭の微笑《ほほえ》みを思い出し、珠麗は目を伏せた。

自分のせいで最愛の弟が死ぬかもしれない。その状況は、どれほど楼蘭を追い詰めたことだろう。

「もはや、家族には頼れない。窮状を公にしては、『烏』に殺される。……だから楼蘭は、自分で、階位を上がろうとしたのね」

貴人など、結局は奴婢と同じ。けれど、妃なら。いや、せめて、嬪ならば。それに、流産した女は、その後一年の静養が命じられ、伽にも呼ばれない。もしかしたら、そちらのほうが狙いであったのかもしれない。

だが、あの冷ややかで、他者を寄せ付けない佇《たたず》まいを見るに、今の彼女が幸せであるとも思えない。寵妃《ちょうひ》であったのに、太嬪《たいひん》として今代皇帝に付いてゆかず、揺籃《ようらん》の儀に参加したことからも、彼女を取り巻く惨劇は、静養の後、再開しただけだったのだろう。

だから、楼蘭は次代皇帝の後宮に渡ろうとした。

ただ嬪として居残るのでは心もとない。もっと階位を上げる必要があった。一定の庇護《ひご》が約束される上級妃、いいや、皇帝と同等の権限を持つ、皇后にまで。

そうすれば、もう男にいたぶられることはない。皇帝と並ぶ地位の女性になれば、「鳥」も恐れなくて済むかもしれない。いっそ自害したいほどの状況でも、けっして逃げることはしない。できない。なぜなら、絶対に守りたい者がいるから――。


「私……」

踵《きびす》を返すと、地面がざり、と音を立てる。

だが、咄嗟《とっさ》に瑞景宮《ずいけいぐう》へと向かいかけた珠麗の腕を、礼央が摑《つか》んだ。

「よせ、珠珠」

きっと彼には、珠麗の波立つ胸の内などお見通しなのだろう。

瞳を揺らした珠麗を見て、彼は鼻白んだように溜息《ためいき》をついた。

「お人よしにも程がある。自分を陥れた相手を許すばかりか、救おうとでも？」

「そんなんじゃ、ないわ。ただ……」

ただ。そこまで呟《つぶや》いて、珠麗は口をつぐんだ。

自分自身、なんと続けたかったのかがわからなかった。

今の自分が、憤っているのか、悲しんでいるのか、納得しているのか、それすらもわからない。楼蘭になにか言ってやりたいと思ったはずだが、それがどんな言葉なのかは、定かではなかった。

「祥嬪は、揺籃の儀に参加できた以上、境遇の脱出にはほとんど成功しているわけだろう。今さらおまえの出る幕なんてないさ」

「……でも、袁氏と『烏』からは逃げられてないわ。上級妃最上の地位を勝ち取って、皇后になれれば話は別なんでしょうけど、審査するのは太監長なのよ。楼蘭を使って後宮を管理してきた袁氏が、彼女が皇后になるのを許すとは思えない」

「まあな。祥嬪への『烏』による呪縛《じゅばく》は、生涯続くことだろう」

素っ気なく肩を竦《すく》めた礼央に、珠麗は八つ当たりするように尋ねた。

「だいたい『烏』が杓子定規《しゃくしじょうぎ》に不敬を咎《とが》めるからいけないんだわ。本当の忠臣なら、陛下の真実を告げた女を殺すより、仁徳を失った主君を諫《いさ》めるべきじゃないの。少なくとも、金璽《きんじ》を奪った太監長には鉄槌《てっつい》を下すべきだわ」

「『烏』の幹部は、私情を挟まず必ず皇帝に従えるよう、自ら強烈な暗示を掛けるんだ。金璽に従い、皇帝の敵のみを屠《ほふ》る——その掟《おきて》を破れば、自害する羽目になる。袁氏が皇帝を害して金璽を奪ったなら、『敵』と認定して殺せるが、皇帝の意志のもと委譲されたなら、皇帝の代理人としてやはり従わなくてはならない。馬鹿らしいことこの上ないがな」

吐き捨てるように告げる礼央を、珠麗はじっと見つめた。

思えば、手掛かりはそこら中に転がっていたのだ。

いち貧民窟の賊徒長というには、やけに凄《すご》みのある佇まい。大規模な裏稼業も手がけ、芸術品にも精通し、後宮への潜入さえ難なくこなす。市井の人間では知るべくもない隠密部隊の存在や、その在り方まで知悉《ちしつ》し、相棒のようにして烏を肩に留まらせる、彼。

ずっと目を逸《そ》らしてきたけれど、礼央はもう、隠すつもりもないのだろう。

「礼央。あなたは……『烏』の関係者なのね？」

「一応、後継者と目されている」

あっさりと答えた礼央に、珠麗は深い溜息を落とした。

なんでそんな人物が、寒村の賊徒集団なんかに、とは思うが、驚きは少ない。

うっすらと感じ取っていた違和感や懸念が繋《つな》がり、「はあ、そうかあ」というのが、正直な感想だ。

「いや、でも待ってよ。なんで『烏』の後継者の礼央が、次期皇帝を襲わせるのよ。皇帝に絶対的な忠誠を誓う部隊なんでしょ、『烏』って？」

「俺は『烏』を継いでいない。継ぐとしても、『烏』には忠誠を捧《ささ》げる前に主《あるじ》を試す風習がある。やつを試したい衝動に駆られただけだ」

礼央はしれっと答えてから、少し考え、珠麗を見つめながら付け足した。

「あとは、私怨《しえん》」

「なんかそっちが本音に聞こえるけど。だめでしょ、それ……」

「ああ。後悔している。しっぺ返しを食らって最悪の気分だ。私情なんて混ぜるものではないな、くそ」

礼央の発言はいまいち真意が摑めない。ただ、いつも飄々《ひょうひょう》としているはずの彼が、珍しくうなだれていたので、珠麗は非難の矛先を変えてやることにした。

「まあ、いいわ。今現在『烏《からす》』ではない礼央より、今現在『烏』の人たちが悪いに決まってるわよ。仁道を逸した主君を仰ぎつづけるなんて、どうかしてるわ。どう考えても、太監長に従うなんて馬鹿だし、不敬を罰するというなら彼を罰するべきよ。なんなら、袁氏が権力欲しさに、陛下に毒を盛って病にしたんじゃないの？」

「だから、それなら『烏』がとっくに袁氏を殺しているはずだと言っている」

礼央は少々うんざりしたように答えた。

「砒霜《ひそう》、河豚《ふぐ》毒、附子《ぶし》に蟾酥《せんそ》。『烏』はあらゆる毒に精通し、巧みに操る。それらの毒が盛られたなら、見抜けぬはずがないし、そもそも毒見の『烏』が即死しているはずだ」

「で、でもほら、ゆっくり効く未知の毒があるのかもしれないじゃない。花街でも、一時期、気分が高揚する麻黄《まおう》や五石散《ごせきさん》が流行して、楼主が対策に苦慮していたわ。あれも、服用しつづけると正気を失うのよ」

「麻薬ならむしろ、『烏』が元締めだ。皇帝の服用を許すわけがない。だいたい、皇帝は何人もの医官によって厳格に安全を確保され、さらには上等な金丹《きんたん》だって容易に服用できる身の上だぞ。毒を盛るなんて、不可能だ」

礼央が口にした耳慣れぬ単語に、珠麗は首を傾《かし》げた。

「金丹ってなに？」

「あらゆる毒を解き、人を不老不死に導く薬だ。錬丹術《れんたんじゅつ》の、技術の粋だな」

「錬丹術……」

ごくりと喉《のど》を鳴らす。仙人が人に交じって暮らしていたという古代に比べればだいぶ緩んだが、天華国の仙人信仰は厚い。その仙人がもたらしたという錬丹術は、その名前しか知らないものの、なんとも畏敬の念をくすぐる響きがあった。

「錬丹術って、本当にあるの？」

「皇帝は十年以上前からのめり込んでいるようだぞ。なんでも、毒見の『烏』が金丹を含んだところ、たった一口で十日も体調がよかったそうだ。半年までは毒見を理由に相伴に与《あずか》っていたが、皇帝が金丹を惜しんだため、以降は分けてもらえなかったとか」

「へええ」

珠麗は純粋にその効果に感動するとともに、「烏」は薬まで皇帝と同じものを、それも半年も飲み続けるのかと驚いた。それはたしかに、遅効性の毒でも盛ることは難しそうだ。

「でも半年とはいえ、その『烏』は、ちょっとした役得ねえ」

「まあな。あまりにそいつが羨《うらや》ましがるものだから、俺も一度、ひと儲《もう》けできないかと金丹の作り方を調べてみた」

一方礼央は、金丹の金銭的価値に注目したようである。

「調べるって……礼央は医術の心得もあるの？」

「いいや。太監長の記したという処方箋《しょほうせん》を盗み出させただけだ。だが、配合はわかっても、原料の入手が難しくてな。霊芝《れいし》なんて序の口で、百年生きた蛙《かえる》の油だの、熱帯に生える実の種だの、贅《ぜい》を尽くした薬材ばかりだ。唯一、身の回りで手に入る材料があるとしたら、朱砂《しゅさ》くらいか」

「朱砂？」

耳慣れない名を、珠麗はどきどきしながら復唱した。

原料の一つでしかなくとも、それを含めば、金丹の数分の一の効果が得られるかもしれないわけだ。

「色付けに使う粉だ。金丹は鮮やかな、いかにも神秘的な朱色をしているからな。もちろん、この色付けの粉さえ、不老不死に繋がるいわれがある」

「どんな？」

「朱砂というのは、実に不思議な鉱物でな。もとは赤く透き通っているんだが、熱すれば溶けて銀色の液体に転じ、温度を上げれば再び赤く固まり、さらに熱すればふたたび銀色の液体に戻る。熱を得ながら、美しい姿を循環しつづけるんだ。まさに不老不死の妙薬という感はある」

「…………」

珠麗はふと、黙り込んだ。

「はたして原料のうち、どれの効能なのかはわからんが、袁氏の調合する金丹は、実際よく効いているようだ。金丹を含むと、皇帝の激情も治まるらしく、それもあって、袁氏は忠臣として厚遇されている。つまり、毒を盛るなんてとんでもない。病に罹《かか》った皇帝を、彼の金丹だけが救っているというわけだな」

だから「烏」とて、太監長を弑《しい》することは――と礼央は続けたが、珠麗が考え込んでいるのに気付くと、眉《まゆ》を寄せた。

「どうした？」

「……私」

朱色の唇が、ぽつんと呟く。

「陛下の変貌《へんぼう》の原因が、わかってしまったかもしれない」

「なんだと?」

驚く礼央に、珠麗は思い切って、自分の考えを告げてみた。花街で得た経験、そこから導き出される、荒唐無稽《こうとうむけい》にも思える推理を。

「………………」

礼央は小黒の羽を撫《な》でながら、しばし考え込んでいた。

頭ごなしに否定はされなかったが、受け入れがたい様子にも見える。

だがやがて、彼は珠麗に向き直り、口を開いた。

「もしそうならば、俺はもう少しこの場に留《とど》まり、『鳥』の頭領《おやじ》に連絡を取らねばならない。珠珠、おまえをこの場で連れ去るつもりだったが、少し後になりそうだ」

「え? 刻限に間に合わなかったのに、私を、助け出してくれるつもりだったの?」

「そうでなきゃ、なんで今まで後宮なんかに残っていたと思う」

即座に返され、珠麗は目を真ん丸に見開いた。

安堵《あんど》と、歓喜と感謝とが一度に押し寄せ、頰が赤らむが——いや待てよと思い直す。

「そ、そのう、守料については……」

「阿呆《あほう》」

だが、おずおずと質問しかけたところ、額を指ではじかれ遮られた。

「おまえの目に映る俺は守銭奴か? 鬼か? 守料は取らない。俺の手落ちで刀傷をこさえた女から、むしり取れるわけないだろ。無料で、俺たちの貧民窟まで連れ帰ってやるよ」

しかめっ面だが、親愛の籠《こ》もった声である。

珠麗は顔を輝かせ、「礼央！」とその両肩を叩《たた》いた。

「やっぱりあんたって、いい男！　信じてた！　あんたは天華国で一番器の大きな男よ！」

「へえ、それは誇らしいな」

礼央は口の端を引き上げ、珠麗を抱きすくめる。

まるで睦言《むつごと》を囁《ささや》くように、耳元に唇を寄せ、しかし彼はとんだ暴言を寄越《よこ》した。

「だが、おまえも誇っていいぞ。おまえは天華国で一番胸の大きな女だ」

「――――!?」

ぎょっとして腕を突っ張る。

すっかり忘れていたが、今の自分は白衣《したぎ》一枚の姿なのだった。

「な……なっ、な、なな……っ」

「胸から痩《や》せなくてよかったなあ、白豚妃《しろぶたひ》？　ああ、そうすると柔らかな谷間がよく見える。だが、焼き印も見えそうだから、くれぐれもほかの男の前では、身頃をきつく合わせろよ」

「言われなくてもそうするわよ!!」

火事場の馬鹿力を発揮して腕から逃れると、珠麗は顔を真っ赤にして衿《えり》を合わせた。

「最低！　ろくでなし！　変態！」

「さて、俺はこれから一度本宮に向かう。戻って来られるのは早くて正午だ。ちょうどその頃、皇太子――替え玉のほうだが――の来訪に合わせて、後宮中の注目は彼の移動に集まる。その隙をついて、脱出するぞ」

涙目での非難などそよ風のように聞き流し、礼央はしれっと脱出計画を持ち出す。

仕方なく珠麗も怒りを引っ込め、表情を改めた。

「わかったわ」

「そのとき、おまえを監視する人員があれば、倒さざるをえない。が、なるべくなら女には手を掛けたくない。うるさいしな。皇太子来訪の瞬間、一人きりになれるか？」

「なれる」

確認の問いには、力強く頷《うなず》く。

正直なところ、蓉蓉《ようよう》や夏蓮《かれん》を振り切るのは難儀しそうだが、仮病を使えば、やってやれないことはない。

蓉蓉たちは妃嬪《ひひん》候補なのだから、いざとなれば、病身の女の介抱なんかよりも、儀への参加を優先するだろう。夏蓮も、水でも汲《く》みに行かせればいいのだ。

（むしろ、情報の利を活かすなら、準備に時間が掛かっている私のことなんて置《お》いて、今ごろ皆、すでに舞台に向かっているかもしれないわね）

せっかく今日の選抜内容は舞だとわかったのだ。目端の利く女なら先に舞台へ向かい、用いられる楽器から曲を割り出したり、ほかの候補者を押しのけて練習に励んだりするだろう。そして、後宮にいるのは、そうした、他人を蹴落《けお》としてでも成り上がりたい女たちばかりなのだ。

太陽の位置を見てみれば、刃傷沙汰《にんじょうざた》に巻き込まれたせいで、すっかり白泉宮に戻る予定時刻を過ぎている。のんびり戻れば、到着するころには、きっと白泉宮はもぬけの殻になっているだろう。

「楽勝だわ」

自信満々で目算を立てていると、なぜだか礼央は微妙な顔をした。

「なんだか……おまえがそういうことを言うと、反対に凄《すさ》まじい不安に駆られるんだが」

「失礼ね！　大丈夫よ、計画も完璧《かんぺき》に立てているのよ。まず厨《くりや》に忍び込んで胡麻《ごま》を手に入れるでしょ。私、胡麻を食べ過ぎると発疹《ほっしん》が出るから、それで病を装うのよ。周囲は感染を恐れて、自ら私と距離を取る、ってわけ」

「参考までに聞くんだが、血塗《ちまみ》れの衣か、白衣《したぎ》か、舞踏用の派手な衣装のどれで、目立たず厨に侵入するつもりなんだ？」

半眼で指摘されて、珠麗ははっとした。

言われてみれば、思い切り目立つ衣装の選択肢しかない。

「そ、それはその、気合いで……。厨房《ちゅうぼう》付きの女官を殴り倒すとかして、ですね」

「ほう。儀の最終日である今日、厨は宴《うたげ》の準備で、百を超える女官がひしめいているが、その全員を殴り倒すと」

言葉に窮した珠麗に、短く溜息《ためいき》をつくと、

「小黒」

礼央は近くの枝に移っていた烏《からす》を呼び寄せた。

「厨から胡麻を奪って、こいつの頭上に叩きつけろ」

「叩きつけなくてもいいじゃない！　意地悪！　ありがとう！」

複雑な心境で礼を述べると、礼央は「念のため」と、半透明の膜のようなものを差し出してきた。

「なにこれ？」

「豚の腸を薄く延ばして、小袋にしたものだ。中に血を溜《た》めておいて頬に仕込み、歯で噛《か》み割れば、とても自然な吐血が演出できる」

「へえ……」

おそらく、これまでの人生で一番くだらない豚の腸の使い方だ。

だが、たしかに吐血というのは印象が強くてよいと思い直し、受け取った。

(血は、穢《けが》れ。吐血している人間には、近寄りがたいものね)

四年前を思い出す。あの日、楼蘭の「危機」に珠麗が悲鳴を上げたとき、間違いなく、女官や太監は周囲にいたと思う。だが、彼らは吐血する楼蘭を恐れて、こちらがどれだけ助けを求めても、なかなか近寄ってこなかったのだ。

後宮の女たちは、簡単に見捨てる。

人々は冷酷で、優しさは裏切られ、弱者は救われない。

世界の残酷な在り方を、珠麗はもう知っているのだ。

(でもその残酷さが、今日の私を救う。世の中って、不思議なもんね)

ふと、しみじみとした感慨を覚え、珠麗は柔らかな腸のかけらを、そっと握りしめた。

第八章　二度目の彼女

「珠珠《じゅじゅ》さんったら、なかなか戻ってきませんわね……」

すっかり高く昇ってきた太陽を見上げて、自身の支度を済ませた蓉蓉《ようよう》は、気を揉《も》むように眉根《まゆね》を寄せた。

彼女の肩入れする友人が、泉のほとりへと向かってから、もう半刻《はんとき》は優に過ぎる。もしかして道中で迷ったり、なにかの妨害に巻き込まれたりしているのではないかと、心配が募った。同性の蓉蓉にも肌を見せたがらぬ慎《つつ》ましやかな友人だが、やはり無理やりにでも付いていけばよかったのかもしれない。

今からでも迎えに行こうか。いや、しかしすれ違ってしまっては。

白泉宮《はくせんきゅう》の門の内側で、蓉蓉はやきもきとして歩き回った。

夏蓮《かれん》がしっかり仕上げをしてくれたので、今やその門前には獣臭さのかけらもなく、石畳は水に濡《ぬ》れて艶々《つやつや》としている。ただし、その夏蓮も、なかなか主《あるじ》が帰ってこないため、蓉蓉と同様、そわそわとしていた。

「やはり、お一人で行かせてはなりませんでした。私が珠珠様をお迎えに……」

「そうですね、夏蓮。このままでは、珠珠さんの支度の時間がなくなってしまいます」

夏蓮が遠慮がちに切り出したところを、蓉蓉はすかさず同意した。

「着付けと化粧、香まで焚《た》くなら、半刻は欲しいところですもの。いくら珠珠さんが多才と言えど、寒村出身では、さすがに舞は修めていないはず。せっかく選抜内容が舞だとわかった以上は、早めに舞台に着いて、少しなり鍛錬の時間を設けたいところですわ」

蓉蓉としては、皇太子や大臣たちが参列するこの最終日に、なんとしても珠麗《じゅれい》を輝かせ、与えられる階位を確固たるものにしたい。夏蓮もまったく同じ気持ちだったようで、何度も頷いていた。

「ほかの貴人《きじん》様方としても、このままでは儀に遅れてしまうと、気が急《せ》いていらっしゃるでしょう。ひとまず皆様には、先に舞台に向かっていただくよう、お伝えして――」

「あら、それには及ばなくってよ」

気の利く女官らしく、夏蓮がそう申し出たが、それを遮るようにして、背後から声がかかった。振り向いてみれば、立っているのは、舞踏用の華やかな衣装をまとい、派手な化粧を施した明貴人《めいきじん》・紅香《こうか》である。

いや、その隣には、同様に支度を済ませた純貴人《じゅんきじん》・静雅《せいが》や、恭貴人《きょうきじん》・嘉玉《かぎょく》もいた。

きっと三人とも、しびれを切らして舞台に向かうことにしたのだろう。そう考えた夏蓮は、その場に素早く膝《ひざ》をついた。

「貴人様方にご挨拶《あいさつ》申し上げます。珠珠様のお戻りが遅く、お待たせしてしまい、誠に申し訳ございません。どうか、皆様は、先に儀へ臨んでいただきますよう――」

「ああ、やめてやめて。まだ出発なんかしないったら」

「え？」

だが、紅香がしかめっつらで意外な答えを寄越したので、首を傾《かし》げる。

すると静雅や嘉玉が、くすくす笑いながら、手にしていた茶道具を持ち上げた。

「珠珠さんが戻られるまでは、わたくしたちも儀には向かいませんわ」

「殿内のそれぞれの室で待っているのも退屈だから、東屋《あずまや》でお茶でもしようと話し合っていたのです」

どうやら、最も重大な選抜の直前に、茶会としけこむつもりらしい。

「皆様、なにを仰《おっしゃ》るのです？　せっかく機先を制することができるのですから、早めに舞台に向かわれては？」

「あら、蓉蓉さん。そういうあなただって、一向にここを動かないくせに」

驚いて蓉蓉が尋ねれば、悪戯《いたずら》っぽく笑った静雅が指摘を返す。

それはだって、自分は本当の妃嬪候補なんかではないから――などとは告げられず、蓉蓉は眉尻《まゆじり》を下げて口をつぐんだ。

そんな蓉蓉を見て、嘉玉は、あどけない顔に静かな微笑を浮かべた。

「わたくしたちは、珠珠様に恩を返すと、決めたのです。珠珠様が戻られるなら、急いで支度をして、ともに儀に臨む。もし間に合わなかったなら、ともに儀を休む。いずれにしても、珠珠様を置いていくことなど、いたしません」

その声に、かつてのような臆病《おくびょう》さの色はなく、目には強い意志が宿っていた。

さあご一緒に、と東屋に促されながらも、蓉蓉は戸惑いの声を上げた。

「ですが、嘉玉様。せっかくあなた様の得意な舞なのですよ。皆様だって、儀に参加せねば、落札し、階位を落としてしまいます。せっかく珠珠さんに救ってもらったのに、これでは、祥嬪《しょうひん》様に陥れられたも同然ですわ」

「落札するのが一人ならば、ね」

東屋に腰を落ち着け、悠然とした仕草で茶を淹《い》れながら、静雅が応じた。

「え？」

「一人だけが儀に参加できなかったのなら、その者はたしかに、祥嬪様の妨害に屈したことになりましょう。ですが、白泉宮の貴人が全員儀に出なかったなら？　皇太子殿下とて、違和感をお持ちになるはずです。誰かが、白泉宮を攻撃したのではないかと」

手際よく茶菓子を配りながら、紅香も付け足した。

「祥嬪様は、『攻撃を攻撃と気取られぬ』やり口が売りよ。でも、わたくしたちが揃《そろ》って被害を訴えれば、さすがに攻撃や妨害があった事実は認められるはず」

「それに、わたくし、白泉宮だけでなく、ほかの宮の貴人たちにも、儀に参加せぬよう『お願い』してきたのです」

嘉玉がおっとりと茶器を並べながら、不穏な内容を続ける。

「一人の被害ではもみ消されてしまう犯行でも、大勢の人間が声を揃えたなら。一斉に祥嬪様と太監長《たいかんちょう》様に造反してみせたなら。おそらく――儀の継続が危ぶまれるくらいには、わたくしたちの思いも殿下に届くはずです」

「皆様……」

貴人たちの思いがけぬ覚悟に圧倒され、蓉蓉と夏蓮は顔を見合わせた。

白泉宮は、後宮の外れ。

ここに住まう貴人たちは才能に溢《あふ》れながらも、出自や容姿、年齢が理由で寵愛《ちょうあい》に恵まれず、無力で控えめな女たちであったはずだ。それなのに。

「なんだか……この数日で、皆様、ずいぶんと雰囲気が変わられましたね」

東屋に集う女たちを見つめ、蓉蓉はしみじみと呟《つぶや》いた。

和気あいあいと茶卓を囲む姿はいかにも仲がよさげで、その表情にも佇《たたず》まいにも、ゆとりと芯《しん》の強さが滲《にじ》み出ていたからだ。

蓉蓉の指摘に、貴人たち三人はまじまじと互いを見つめ合う。

やがて静雅が茶器を置き、改めて蓉蓉を招いて向かいに座らせると、優雅に茶を勧めた。

「蓉蓉さんも、どうぞ」

「え、ええ……」

教養高さと詩才を見込まれて入内《じゅだい》した静雅は、後宮の中でも年嵩《としかさ》の部類だ。ぴんと背筋を伸ばした姿勢や、知的な相貌《そうぼう》を前にすると、物静かながら威厳を感じる。

蓉蓉はおずおずと茶器を手に取ったが、

「――昔はね、妃嬪《ひひん》から振舞われるお茶には、よく毒が入っていたの」

静雅が切り出した内容に、噎《む》せそうになった。

「な……」

「わたくしが後宮に上がったのは、もう十年ほども前のことよ。当時すでに、肥大しきった後宮の空気は、今と同じく殺伐としていたわ。皇帝陛下は、女性を多く召し上げはするものの、特定の妃嬪しか伽《とぎ》に呼ばぬものだから、あぶれた女たちの不満が渦巻いていたのね」

彼女の昔語りは淡々としている。

かくいうわたくしも、碁の手合わせに数度呼ばれただけだったわ、と付け足したときだけ、彼女は悪戯っぽく微笑《ほほえ》んだ。

「暇と恨みを持て余した妃嬪たちは、少しでも敵を減らそうと、互いの足を引っ張ることに没頭した。毒を仕込み、悪意ある噂《うわさ》をばら撒《ま》き、互いの奴婢《ぬひ》をいたぶり。自然と、後宮の空気は張り詰めたわ。人を信じず、不都合なことから目を背け、沈黙を守れる者だけが、生き残った」

「……この美しい建物からは、想像もつかぬ醜悪な世界ですわ」

「そうでしょうね。そのころ、あなたは幼かったでしょうから」

言葉に含みを感じる。

顔を上げてみれば、静雅はじっとこちらを見つめていた。

──不都合なことから目を背け、沈黙を守れる者。

静雅は優しく微笑んだ。

「蓉蓉さんは、とても清らかな人相をしておいでです。きっと、お母君似なのでしょう」

「……ええ、静雅様。きちんとお化粧をすれば、母に似ているとよく言われますわ」

「まあ、静雅様は、蓉蓉のお母君をご存じですの？」

「ふふ。人相学を少し齧《かじ》っただけですわ」

含意に気付かぬ紅香が首を傾げると、静雅は笑って躱《かわ》す。それを見て蓉蓉は確信した。

つまり、静雅は人相から、彼女が薫太妃《くんたいひ》の娘であることを察していたというわけだ。そのうえで、知らぬふりをしていた。厄介ごとから身を遠ざける、後宮の女の性《さが》。

けれど今、その生き抜くための秘訣《ひけつ》を措《お》いてまで、彼女は昔語りをしようと言うのだ。

蓉蓉は居住まいを正し、話の続きに耳を傾けた。

「けれど、あるとき突然風向きが変わった。五年ほど前のことよ。とある女性が、嬪《ひん》の位を賜って、この後宮にやって来たの。彼女は……そうね、とても豊かな人だった」

「心だけじゃないわ、体もよ。というか、主に体がよ。なんと言ったって、あだ名が『白《しろ》豚妃《ぶたひ》』だったんだから」

横から紅香が口を挟む。こき下ろすような話しぶりではあったが、声や表情には、隠しきれぬ親愛の情が籠《こ》もっていた。

「いつも笑顔で、底抜けに優しい、とても素敵な方でした」

嘉玉も、懐かしそうに呟く。

近くに控えていた夏蓮は、無言で俯《うつむ》き、目を潤ませていた。

「ですが、その……彼女の話は、後宮では禁忌なのでは……」

以前、紅香が「珠珠」の名にさえ顔をしかめたことを蓉蓉が指摘すると、彼女たちはしばし黙り込む。しかし、しばらくすると、その禁忌をあえて破るかのように、次々と思い出話に花を咲かせはじめた。

たとえば、彼女は人を疑うことなどせず、なんでも毒見なしに飲み食いしてしまうこと。じきについた「白豚妃」の蔑称《べっしょう》にも、「やだあ、肌の白さは認めてもらえたのね」と照れ笑いしていたこと。

皇帝から初めて伽の命があったとき、よりによって食べ過ぎで腹を下し、それを逃してしまったこと。

翌朝、嫌みにも内務府《ないむふ》から豚の画が送られてきたのに、落ち込みもせず、愛玩《あいがん》動物としての地位を築くわと息巻いていたこと。

実際、彼女は独特の愛嬌《あいきょう》で皇帝や皇后に可愛《かわい》がられ、伽には呼ばれぬものの、茶会では重用されていたことなど。

「彼女はいつでも素直だった。失態も犯すし、顰蹙《ひんしゅく》を買うこともあったけれど、彼女が裏表なく落ち込んだり、涙を流したりするのを見れば、誰もが怒る気を失ってしまったわ」

「それに、呼吸するよりたやすく、人を褒めるの。豚みたいにつぶらな瞳《ひとみ》をきらきらさせて、心からの言葉で、あっさりと人を認めたり、救ったりするんだわ」

「寵愛にこだわらず、のびのびと過ごすかの方を見ると、周囲はすっかり、毒気を抜かれてしまうものでした」

静雅も紅香も嘉玉も。白豚妃と呼ばれた女のことを思って、口元を綻《ほころ》ばせる。

ただし、その目には、うっすら涙が滲みはじめていた。

「そんな彼女が、ある日、祥嬪様——当時は貴人ね。祥貴人《しょうきじん》の子を流したとして、投獄された。信じられなかったわ。おそらく、後宮の誰もが、耳を疑ったのではないかしら」

静雅が俯く。

緊張したように、指先が何度も茶器の縁をなぞっていた。

「けれど、絶対彼女が無実だと言い切ることはできなかった。だって、ここは後宮なのだから。ここにいると、女は皆、嫉妬《しっと》深く、罪深い生き物になってしまうのだから」

「いいえ、静雅様。わたくしたちは認めるべきだわ。あのとき、彼女が本当に罪を犯したなんて思う者はいなかった。ただ、それを告げる勇気を持つ者もいなかったというだけよ」

「かの方は、皆から愛されていたから……きっとその中の誰かに、助けてもらえるのだろうと、思っていたのです」

けれど、実際は違った。

素直で、人を疑うことを知らぬ白豚妃は、焼き印を押され、後宮を追われてしまったのだ。

妃嬪たちが、自身に累が及ぶのを恐れ、身を竦《すく》めている間に。あっさりと。

「彼女が衒《てら》いなく笑うたびに、心が晴れる心地がしたものだわ。直接の交流は少なくとも、彼女が朗らかでいるだけで、後宮の息苦しさがなくなるようだった。なのに、わたくしたちは、そんな彼女を、見捨てたのよ」

「後宮の空気は、また殺伐としたものに戻っていったわ。今では、誰もがわかっているの。

白豚妃こそが、わたくしたちの太陽だったんだ、って。薄暗い後宮に訪れた、束《つか》の間の陽差しを、わたくしたちは、自身の手で葬ってしまったのよ」

「かの方の名が禁忌なのは、かの方が罪深いからではないのです。わたくしたちが、湧き起こる罪悪感に耐えられないから、なのですわ」

静雅と紅香が、恥じ入るように告げ、最後に嘉玉が悲しげに締めくくった。

しばし、東屋《あずまや》に沈黙が訪れる。

ややあってから、涙をごまかすように目を瞬《しばたた》かせた静雅が、「でもね」と続けた。

「再び寒々としてしまったこの場所に、数日前からまた、温かな風が吹きはじめたの」

彼女は、泣き笑いのような顔をして、蓉蓉に告げた。

「珠珠さんよ。今度は彼女が、わたくしたちに温《ぬく》もりを運んできてくれた」

東屋にいる誰もが、そのとき、あの美しい女の姿を思い出していた。

その博識によって、かかわりもなかった静雅を躊躇《ためら》いなく助け、自身の不利も気にせず紅香に筆を貸し。豪胆さと的確な介抱によって女官を救い、機転によって嘉玉を庇《かば》った、彼女。

紅香が、そして嘉玉が、次々と決意を述べる。

「受けた恩を返さないのは、二流の女だわ。わたくしはそんなくだらない女では、もういたくないの」

「四年前に動けなかった自分のぶんまで、せめて、あの方と同じ文字を持つ珠珠様の、お役に立ちたいのです」

声は、誇りに満ちていた。

だから、と、最後に静雅は、囁《ささや》くような声で話を終えた。

「二度目こそ——わたくしたちは、誠実でありたいのよ」

と。

＊＊＊

あちこちで禁色の旗がはためく光景を、跪《ひざまず》いた楼蘭《ろうらん》は、じっと見つめていた。

「皇太子殿下の、おなりである」

「皇太子殿下の、おなりである」

いつも閉ざされている後宮の外門《がいもん》が、このときばかりは大きく開き、輿《こし》に乗った年若い男が、本宮付き太監《たいかん》たちに支えられてゆっくりと入場してくる。

遠目にも上等とわかる礼服に、大量の玉に彩られた宝刀。礼を取る楼蘭には、輿に座す皇太子の顔は見えないが、視界の端に映る沓《くつ》の先からさえ、その威信が伝わるほどだった。

輿は、門をくぐると同時に、整列して待ち構えていた後宮太監たちに引き継がれてゆく。

一行は、後ろに大臣たちを引き連れたまま、太監長の案内の下、ぐるりと後宮内を巡回し、外れにある舞台へと到着するのである。同時刻に徒歩で試験場へと向かう妃嬪《ひひん》たちは、皇太子とすれ違った場合にはその場で礼を取り、または先に試験場に到着して、皇太子を迎えるというのがしきたりであった。

実際には、少しでも有利な状態で儀に臨もうと、早めに試験場に向かう女のほうが多いだろうか。本来なら儀の直前にしか知らされない試験会場を、太監長に賄《まいない》を渡すことで事前に割り出す者も珍しくない。

「おや……、こんな、門にほど近い場所で跪いているのは、祥嬪殿ではありませんかな？」

「陛下の寵愛《ちょうあい》深き祥嬪殿ならば、本日の試験会場も把握していたろうに、あえて大門から皇太子殿下をお迎えするとは」

「殊勝な姿勢ですな。実際、彼女ならば、本番直前まで鍛錬などせずとも、儀を勝ち抜けることでしょう」

だが楼蘭は、あえて周囲に試験会場の情報を漏らしつつ、自身は大門の近くで皇太子の訪れを迎えることにした。輿の後に続く大臣たちが、感心したように囁き合う。

「……祥嬪か」

輿の上からも、そんな呟《つぶや》きが聞こえた。

——皇太子の目に、留まった。

全身に緊張が走るが、気取られぬよう、一層腰を低く落とす。従順で清廉な女性であることを、なんとしても演出する必要があったからだ。

（後宮の妃嬪の「下げ渡し」は慣例とはいえ、父親の「お古」に難色を示す殿方は、多いでしょうから）

男の性質について皮肉げに思いを馳《は》せる。楼蘭は己の状況というものを理解していた。現皇帝の寵妃《ちょうひ》。その肩書は、次期皇帝にとって甘美に映るとは限らない。むしろ、悪く作用することが多いだろう。

だからこそ、「現皇帝の威を笠《かさ》に着ることはなく、真っ白な気持ちで次期皇帝に傅《かしず》く」という姿勢を、視覚的にも訴えることが大切なのだ。

今日の衣装も、皇帝の好んだ華やかな朱色ではなく、あえて白を基調としたものを選んだ。口にせずとも、楼蘭の意図するところは伝わったであろう。

ただし、耳飾りと簪《かんざし》には、簡素ながら、朱色の玉をあしらったものを選んだ。この赤く透き通った宝石は、皇帝が特別気に入った相手に下賜する褒美——いや、褒美とされているものである。

（この玉の意味を、あなた方はご存じでしょう、大臣様方？）

ざらりと胸に湧き上がる感情を、楼蘭は飲み下した。

この紅玉は、報酬であり、慰謝料であり、なにより生贄《いけにえ》の印だ。

皇帝は「気に入った相手」をいたぶりつくし、袁氏《えんし》の錬丹術《れんたんじゅつ》によって心を落ち着けた後、つい先ほどまで痛めつけていた相手に「褒美」を下賜していたのだから。不老不死の妙薬と同じ原料でできた、貴重な玉なのだと嘯《うそぶ》いて。

おぞましい夜を生き抜くたびに、楼蘭の鏡台には、血のような色をした玉が増えていった。

皇帝は奴婢《ぬひ》や、年若い官吏、つまり、どうあっても抵抗できない無力な人間相手にのみ、その残虐性を露《あら》わにしていたと見える。

いいや、彼の全身を渦巻く暴力的な衝動の捌《は》け口として、周囲が積極的に生贄を立てたのだ。楼蘭は、そのうちの一人だった。

大臣のうちの何人か——より中枢に近しい者が、ちらちらと耳元の紅玉を認めては、気まずげに視線を逸《そ》らすのを感じる。それでいいのだ。彼らにはたっぷりと罪悪感を抱いてもらい、後宮に不慣れな皇太子の前で、楼蘭のことを後押ししてもらわねばならない。

（絶対に、最上の地位を勝ち取ってみせる）

ここまでは高評価を獲得し、すでに妃《きさき》への昇格も見えている楼蘭だが、あの太監長が、容易には楼蘭の出世を許さないだろうとは理解している。

だからこそ、皇太子本人と、大臣たちを味方につけるのだ。

郊外の離宮に籠《こ》もってばかりの皇太子とは接点が持てなかったが、大臣の何人かは、妃嬪同士の繋《つな》がりを使って抱き込んできた。儀が順当に進みさえすれば、楼蘭には上級妃最上の位が与えられるだろう。

そうすればようやく、立后——皇族の正式な妻となる道が開けてくる。

「おや、祥嬪様。まさか奴婢のごとく、大門から迎えに参じるとは……」

「感心なことだ。大臣らとともに、余の後ろを歩かせよ」

裏を掻《か》かれた袁氏が不快そうに呟くが、皇太子がそれを遮った。

楼蘭は一層深く頭を地に下げてから、しずしずと行列の後ろに回った。まずは、目的の第一歩を達成と言ったところだ。

「失礼、あわや行列に遅れてしまうところでした」

とそこに、軽やかな謝罪を口にしながら、一人の武官が横から一行に加わってくる。

なんとそれは、今日も今日とて麗しい顔をした、郭《かく》武官であった。

「殿下、大変申し訳ございません。ご到着を前に少しでも宮内をきれいにしようと奔走したあまり、刻限ぎりぎりでの参上となってしまいました」

すっと跪く姿は惚《ほ》れ惚《ぼ》れするほどの美しさだが、その口上は、皇太子に向けたものとは思えぬほど気安いものである。

郭武官を見た袁氏は、なぜだか動揺したように息を呑《の》んだが、やがて顔を険しくし、彼に指を突きつけた。

「郭武官殿！　誰の御前と心得る！　後宮の秩序を守るべき精鋭ともあろう人物が、ぬけぬけと儀に遅れてくるなど――」

「よい。べつに騒ぎ立てるほどのことではあるまい」

が、輿上の人物によってあっさりといなされる。

「ですが殿下、いくら乳兄弟の仲とはいえ、規則は規則である以上……」

「そなたの律義さと忠誠心には感心するがな、規則というなら、武官による警備は大門からというしきたりだ」

太監長は食い下がったが、それも躱《かわ》され、不承不承、言葉に従った。ただし、楼蘭と同じく行列の後ろに回った郭武官に対して、強烈なひと睨《にら》みを寄越《よこ》す。

「おお、怖い」

郭武官は、肩をそびやかせながらも、まったく怯《おび》えてなどいない様子であった。

それどころか、行列に加わっている楼蘭を見つけると、にこやかに話しかけてくる。

「本日も美しくていらっしゃる。今代陛下の寵愛深き妃が、わざわざ大門まで殿下を迎えに馳せ参じるなど、謙虚なことです」

「恐悦至極に存じますわ」

楼蘭も同じく、完璧《かんぺき》な笑みで応じた。

しばし狸《たぬき》の化かし合いのような時間が続いたが、郭武官はやがて視線を切り上げると、するりと大臣たちの群れに紛れ込んだ。旧知の仲であるらしく、歩きながらも親しげに話し込んでいる。その後ろ姿を見つめながら、楼蘭は表情を消した。

容姿端麗で物腰は柔和、誰に対しても気さくな笑みを向けるこの男が、その実冷ややかな性質であるということには、ずいぶん前から気付いていたし、警戒していた。同類だからだ。

彼は、自身の美しい造作や低い声、凛々《りり》しい振舞いや武官という肩書が、どれだけ周囲の心をざわつかせるか熟知している。そのうえで、たやすく引き寄せられ、甘えてくる女を侮蔑《ぶべつ》し、利用しているのだ。

彼が唯一、素直な感情を露わにし、心から愉快そうに接していたのは、あの白豚妃だけ。

そう、誰も信じず、腹に一物抱えているにもかかわらず、いや、だからこそ、真っ白な魂の持ち主を見つけると、どうしても惹《ひ》きつけられてしまう。食えない性格の持ち主ではあれど、その最奥には、情熱的な魂がそっと隠れているのだろう。

(けれど結局、あなたも彼女を、見捨てた)

だが楼蘭は、そう胸の内で呟く。

それが、彼女が郭武官を取るに足りないと、捨て置いている理由でもあった。

有能を気取り、お高く留まってみせたところで、結局彼も、好いた女を信じきれなかったではないか。楼蘭の策に嵌《は》まり、愚かなほど善良だった女の懇願を、媚《こ》びだと断じた。

（つまるところ、後宮とはそういう場所なのだわ）

冷え冷えとした思いのまま、楼蘭はゆっくりと周囲を見つめた。

極彩色に溢《あふ》れた、壮麗な建築物。見目麗しい妃嬪、行き届いた侍従たち。

けれど、壁の漆喰《しっくい》の隙間から、俯《うつむ》いた女のその瞳《ひとみ》から、瘴気《しょうき》じみた負の感情が、じわりと染み出すかのようである。

嫉妬《しっと》、羨望《せんぼう》、怨嗟《えんさ》、侮蔑に不信、そして欲望。

――遠慮なく頼ってちょうだい。友人じゃない。

その中で、たった一人だけ、その泥濘《ぬかるみ》に囚《とら》われなかった女。

――私ね。あなたのことが大好きなのよ、楼蘭様。

まるで氷獄のような後宮の中で、そこだけがぽかぽかと温かだった、白豚妃。

（わたくしは、あなたのことが大嫌いでしたわ）

ここ数日、いや、この数年、何度となく脳裏に蘇《よみがえ》っては心を掻きまわす「友人」に向かって、楼蘭は告げた。

（能天気で、無神経で。あらゆる苦難から、自分だけが逃れている、あなたのことが）

二人の入内《じゅだい》は同日だった。なのに、皇帝に目を付けられたのは楼蘭だけだった。

白豚妃は、ただ肥えすぎている、腹を下すなどして汚らしい、そんなくだらない理由で、最初の伽《とぎ》を逃れた。そしてその後も、不幸が楼蘭に注がれたぶん、彼女は安穏とした生活を過ごしていたのだ。

　大嫌いだった。

　なんの邪心もなく、「頼ってね、なんでも相談してね」と言えてしまう愚かさが。能力もないのに、自分が誰かを救えると思っているところが。人はみな善良であると、優しさは優しさで報われると、弱き者はきっと助けられると、疑いなく信じているところが。

　嫉妬や羨望を向けてくるほかの女たちより、無邪気に友人の寵愛を喜んでしまえる白豚妃のことを、楼蘭は憎んだ。だから、子流しの罪を押し付ける相手に、彼女を選んだのだ。

（ねえ。あの日、あなたもわかったでしょう？　弱き者は、踏みにじられるだけなのだと）

　行列はゆっくり、ゆっくり、舞台へと近付いていく。白泉宮の門が見えてきたときに、楼蘭はその向こうで途方に暮れているだろう女たちを思い、口元を歪《ゆが》めた。

　もともと舞の得意な嘉玉を妨害すればそれでよかったはずだが、なぜだろう、今では、珠珠と名乗る女をこそ、追い込みたくてたまらない。

　彼女を見ていると、名前が似ているせいだろうか、白豚妃を連想せずにはいられないのだ。ここ数日、自分が過去を思い出してばかりなのも、きっとそのせいなのだろう。

　気に入らない、あの女。

四年前の彼女が舞い戻ってきたように、後宮に明るい風を吹き込んで、楼蘭をとびきり惨めな気持ちにさせる——。

(けれど、今日を最後に、この惨めさからも解放される)

獣臭を隠すためか、白泉宮の門は閉じられている。

男手を取り上げられ、貴人たちは今でも豚の遺骸《いがい》の前で震えているのだろうか。それとも、誰かに汚れ役を押し付けて、幾人かは舞台に向かったか。

いずれにせよ、門を開けさせ、獣臭がひとかけらでも残っていれば、白泉宮の女たちを皇太子の前で引きずり落とすことができる。

そしてそれで、終わりだ。

だが。

「皇太子殿下の、おなりである。あらゆる宮は、とく門を開けよ——」

「巡啓を遮る無礼をお許しください！　皇太子殿下に申し上げます！」

閉門の不敬を、太監が朗々と指摘するよりも早く、門が勢いよく開き、中から女たちが踏み出してきた。

貴人三人に、蓉蓉と名乗る少女。いったいどんな技を使ったのか、門の内側は清潔に清められ、誰もが完璧に身支度を済ませている。だが、彼女たちは一様に表情を険しくし、一糸乱れぬ動きで地面に額を擦《こす》りつけた。

次に顔を上げたとき、そこには、見る者が思わず息を呑むほどの気迫が漲《みなぎ》っていた。

「申し上げます。白泉宮の者に、毒が盛られました」

「どうかそのおみ足を止め、わたくしどもの友人をお助けくださいませ」

「揺籃《ようらん》の儀を中断してでも、どうか下手人を突き止め、その罪を明らかにしてくださいませ」

純貴人が、明貴人が、そして恭貴人が、これまでになくきっぱりとした物言いで、皇太子に申し出る。

怒りを湛《たた》えた女たちを代表するように、蓉蓉もまたまなじりを決し、凛《りん》と言い放った。

「たとえ、わたくしたちすべての落札と引き換えにしてでも、珠珠さんを、お助けくださいませ」

と。

＊＊＊

胡麻《ごま》団子か、胡麻おこしか。それが問題だ。

太陽の位置で時間を確かめつつ、珠麗はのんびりと白泉宮に戻っていた。もうすぐ正午だ。

（道中全然すれ違わなかったけど、さすがにもう、皆見切りをつけて舞台に向かったわよね？　あとは一人きりになって、小黒《しょうこく》が手に入れてくれた胡麻で、病を装うだけか）

袂《たもと》にしまい込んだ胡麻の小袋を押さえながら、そんなことを考える。

胡麻は食べすぎると発疹《ほっしん》が出るものの、実はすごく味が好きだ。

どうせ食すなら、おいしく頂きたいものである。少なくとも道端でがつがつと口に含むつもりは、珠麗にはなかった。

さすがに今から団子を丸める余裕はないけれど、殿内に常備されている饅頭《まんじゅう》に胡麻をまぶせば、胡麻団子風になる。少量の水飴《みずあめ》と絡めて練れば、おこし風にもなるはずだ。

今日を最後にまた、あの寒さ厳しい貧民窟に戻るのだから、この数日の思い出に、そんな贅沢《ぜいたく》くらいは許されると信じたい。

（念のため、吐血演出用の腸袋に血も溜《た》めたし、もはや全方向にぬかりなしね）

ちなみに、礼央《りおう》から渡された腸袋は、止血がてら、口を開いた状態で傷口に張り付けたところ、大匙《おおさじ》一杯分くらいの血が溜まったので、早々に口を閉じて懐に仕舞っていた。少し溜めすぎたような気もしたが、まあ、大は小を兼ねるし、大丈夫だろう。

そろりと門を開けてみれば、すっかりと石畳はきれいに磨かれている。

さすが夏蓮、と唸《うな》りながらそこを通りかけ、しかしその瞬間、

「珠珠さん！」

「もう、遅いわよ」

「やっとお戻りですのね！」

脇の東屋《あずまや》から次々と声を掛けられ、ぎょっとした。

なんと、貴人たちと蓉蓉、そして夏蓮もが揃《そろ》って、東屋で寛《くつろ》いでいたのである。

「ええ!?　ちょっと、みんな、そこでなにをしてるの!?」

これは予想外の事態である。誰も抜け駆けせず、義理堅く珠麗の帰還を待っているだなんて。それどころか、儀の最終日であるのに、ぴりぴりと舞の練習をすることもなく、まさか仲良く茶をしばいているなんて。

「なにを、もなにも、あなたを待っていたに決まってるじゃないの。ほら、なにをのんびりしているの？　さっさと支度するわよ」

真っ先に紅香が、ぷんぷんした様子で東屋から飛び出してくる。

「湯加減はいかがでした？　ああ、衣装はお召しになったのですね。ですが、あとは舞踏用の化粧をしませんと」

「髪結いと香焚《た》きもね。髪を結うのは得意なの。任せてちょうだい」

「道々、一番簡単な振り付けをお教えしますわ。いいえ、お化粧しながらでも、覚えていただきますわよ」

嘉玉に静雅、そして蓉蓉までもが、続々と東屋を離れ、珠麗を取り囲む。

最後に夏蓮が素早く卓を片付け、

「珠珠様。こちらに化粧道具一式をご用意いたしました。さあ、こちらへ」

と、てきぱきことを進めようとするのを見て、珠麗は顔を引き攣《つ》らせた。

（なんなの、この息の合った連係作業！）

手際がよすぎだし、仲がよすぎではあるまいか。

これでは、「支度が間に合わないから、あなたたちは先に行って」作戦は難しそうである。

珠麗は、さっさと胡麻を食してしまわなかったことを激しく後悔した。病を装おうにも、食べてから発疹が出るには少々時間がかかる。第一、彼女たちに囲まれている中で唐突に胡麻を食べだすわけにもいかない。

仕方なく、珠麗は自力でふらついてみせ、呂律《ろれつ》の回らない声で訴えた。

「あー、えーと……気持ちは嬉《うれ》しいのだけど、実は、私、本調子じゃなくて。さっきから、すごく具合が悪いの。病かも。うん、病だわ。これから本格化しそうな気がする。残念だけれど、私は儀を休もうかと思うから、皆は私を置いて、舞台に向かってくれる？」

残念そうに申し出ると、一同は「まあ」と心配そうに顔を曇らせる。

「だから、早く殿内に入るようにとあれほど申しましたのに……」

「過ぎたことは仕方ありませんわ、蓉蓉さん。珠珠さん、わたくしの室《へや》に、風邪を治す葛《くず》の根と枸杞《くこ》がありますから、どうぞそれを召しあがって」

やたらと準備のいい静雅がそう申し出ると、紅香や嘉玉も次々に同意した。

「そうよ。歩けるくらいに元気ならば、儀には出られるはずだわ」

「ええ。もしお辛《つら》いようなら、わたくしたちが肩を支えますわ」

後宮の女とは思えぬ、献身的な態度だ。

だが今はそれが、余計なお世話なのである。

珠麗は頰を引き攣らせ、このままでは彼女たちにも不利益が生じることを強調した。

「あのね、なにが問題って、私が本調子でないこと以上に、あなたたちにうつしてしまうことが問題なの。こんな急速に症状が悪化するなんて、きっとものすごく性質の悪い病だわ。これからまさに本番だというのに、あなたたちをそんな恐ろしい病に巻き込むなんて――」

「まあ、珠珠さんったら。大袈裟《おおげさ》ですわ」

だが、くすぐったそうに微笑《ほほえ》んだ一同によって、あっさりやり返された。

「わたくしたち、たとえ珠珠さんが病を患おうとも、お付き合いする覚悟ですのよ」

(なんでそんな覚悟決めちゃったの⁉)

まさかの事態である。

後宮と言えば裏切り、妃嬪《ひひん》と言えば抜け駆け、そう相場が決まっているというのに。

（この人たち、性格よすぎじゃない？　大丈夫なの？　こんなんで後宮、生き残っていけるの？）

困惑した珠麗は、早々に次の一手に出ることにした。

きっと彼女たちは、世間知らずで、本物の脅威にさらされたことがないから、そんなきれいごとが言えるのだ。目の前で人が死ぬような、恐ろしい光景を目の当たりにすれば、自身に厄介ごとが降りかかることを恐れて、すぐにその場を逃げ出すだろう。

なにせ実体験に基づく予測なので、珠麗には自信があった。

（もはや胡麻では間に合わない。ええい、吐血の現場を、刮目《かつもく》せよ！）

発疹などでは生ぬるい。血を撒《ま》き散らして、彼女たちを震撼《しんかん》させるのだ。

珠麗は「うっ」と口元を押さえざま、懐に忍ばせていた血入りの腸袋を素早く取り出し、口に含んで嚙《か》み切った。

「ごふ……っ」

「きゃあああ！」

嚙み切る角度を誤ったせいで、喉《のど》に血が流れ込み、噎《む》せてしまう。量もやはり多すぎた。が、おかげで血しぶきを上げるような派手な吐血になったので、よしとしよう。周囲も悲鳴を上げている。

咄嗟《とっさ》にじりっと後ずさった女たちに、珠麗はよしきたとばかり、内心で拳《こぶし》を握った。

「ごほっ、ごほっ！　ううっ、む、胸が焼けるように熱いわ！　こ、これは恐ろしい病だわ！　うつってはただでは済まない。みんな、下がるのよ！　私を一人にして！」

こっそり腸袋を吐き出しつつ、のりのりで悲愴《ひそう》感を演出したが、しかし、そこで事態は思いがけない展開を見た。

「珠珠様！」

夏蓮が、東屋から飛ぶようにして駆け寄ってきたのである。

「珠珠様！　珠珠様！　大丈夫でございますか⁉」

彼女は切羽詰まった形相で、珠麗の額に手を当て、腕を取り、と、躊躇《ためら》いもなくこちらに接してくる。

「え、いや、あの、だから、大丈夫ではないから、離れて――」

「いいえ。この夏蓮、死ぬときは珠珠様と一緒でございます！　さあ、ひとまずこの場で横になられて」

強引に珠麗をその場に横たえると、夏蓮は真剣な顔で呟《つぶや》いた。

「熱はない……。熱や発疹といった症状もなく、いきなり血を吐く病など、聞いたことがありません」

「そうですね。労咳《ろうがい》ならば、咳《せき》のしすぎで吐血することもあるでしょうが、咳もない」

すぐさま蓉蓉も同意する。

「となれば、これは病ではないのかもしれません」

冷静さを取り戻し、脈を診はじめた彼女たちに、珠麗はだらだらと冷や汗を流した。

(しまった……もっとこう、具体的な病を想定して行動すればよかった……!)

だが後の祭りである。

「脈が速いし、顔色も悪い。冷や汗も出ているようですね。指先も、氷のように冷たいですわ。先ほどまで元気でいらしたのに、突然。病ではなく……これはもしや、毒では!?」

いや違う。青褪《あおざ》めたり汗をかいたりしているのは動揺ゆえだし、指先が冷たいのは単なる湯冷めだ。

だが、毒の単語に反応した女たちは、一斉に議論を飛び交わせた。

「たしか、砒霜《ひそう》の類《たぐい》を含むと吐血すると、聞いたことがありますわ!」

「あるいは、蟾酥《せんそ》は脈を乱し、しびれや嘔吐《おうと》を引き起こす毒であったはず。そちらやもしれません」

「脈の乱れに、嘔吐……!?」

静雅と嘉玉が毒についての所見を示すと、夏蓮がはっと息を呑《の》む。それから彼女は、恐ろしいことを告げるような口調で、一同に申し出た。

「言い出せずにいたのですが、実は私も、豚の遺骸《いがい》を片付けたあたりから、眩暈《めまい》と吐き気の波に、時折襲われているのです」

（いや、それ、二日酔いがぶり返しているだけじゃ⁉）

　完全に回復しきっていないところに、朝から体力を使う労働をしたものだから、体が悲鳴を上げているのだ。珠麗は「いや、それ――」とまでは声を上げたが、続きは紡がせてすらもらえなかった。

「珠珠さんと、夏蓮にだけ症状が？　ではまさか、豚の遺骸に毒が……⁉」

「え」

「おそらく。珠珠様は私よりも積極的に遺骸の処理をされ、内臓の始末はほぼお一人でされていました。内臓に仕込まれていた毒に、珠珠様がより重篤に晒《さら》された結果、このような事態になったのかと」

「なんということなの！」

「あの」

　どうしよう。転がり落ちる勢いで推理大会が繰り広げられ、なすすべもない。

「けれど、あの周到な祥嬪の性格を考えるなら、毒殺も十分考えられることだわ……。ああ、珠珠さん！　わたくしたちがいながら、あなたに毒を盛らせてしまうだなんて……！」

　蓉蓉が目に涙を浮かべて迫ってきたので、珠麗は顎《あご》を引きながら頷《うなず》いた。

「そ、そうね……これは、毒なのかもしれない、うん……」

なんだか、流れで楼蘭に毒殺未遂の濡《ぬ》れ衣《ぎぬ》を着せることになってしまった。

これもある種の因果なのだろうか。

それにしたって、病から毒へと方向性を修正したうえで、どう訴えかければ、彼女たちは自分を放置してくれるのか。

正午もいよいよ迫ってきている。焦りながら、珠麗は必死に頭を働かせた。

「で、でも、毒ならなおさらまずいわ。そうでしょ？　楼蘭——祥嬪様は、自分に逆らう者を本気で排除しようとしているのよ。もはや、これまでの嫌がらせの域ではない。今すぐ彼女の足元に這《は》い寄って、恭順の姿勢を見せなければ、あなたたちの命も危ういわ」

とにかく、彼女たち自身が危機にあることを強調し、警戒心を煽《あお》るのだ。

女たちよ、怯《ひる》め、そして、他者を蹴《け》落とせ——！

「私のことを利用してくれて全然かまわない。恨まないし、むしろ応援すると約束するわ。さあ、私を見放したということを手土産に、祥嬪様のもとに急ぐのよ！」

ところが、そのとき奇妙なことが起こった。

「…………」

女たちが突然、黙り込んだのである。

ふ、と静かな風があたりを吹き抜けた後、最初に口を開いたのは、夏蓮であった。

「二度も、見放せと？」

「え……？」

その人形のような顔は、今や泣き出しそうに歪《ゆが》み、握った拳は震えていた。

「珠麗様と、珠珠様。絶対に守らなければならなかった相手を、二人にわたって裏切れと⁉」

その血を吐くような叫びに、圧倒される。

「あの……」

「珠珠さん。どうぞ、そのようなこと、仰《おっしゃ》らないで」

まごついた珠麗の手を取ったのは、静雅だった。

「わたくしたちはね。今度こそ、誠実でありたいの。天と、自分の良心に恥じるような真《ま》似《ね》は、もう二度と、したくないのよ」

声が震えるほどの真摯《しんし》さに、やはり珠麗は息を呑んだ。

そんなの、おかしい。後宮の女のくせに、それではまるで、善良な人間のようだ。

呆然《ぼうぜん》とする珠麗になにを思ったか、紅香も、そして嘉玉も、次々と、励ますように手を握りしめてきた。

「ここであなたを失うなんて、冗談じゃないわ。筆に、盗難の濡れ衣回避に、掃除。いいこと？　わたくしは、恩を返しきるまで、絶対にあなたを見放したりしない」

律儀に恩を返そうとするなんて、馬鹿みたいだ。

「弱き者なりに、矜持《きょうじ》がありますの。天は、こんな理不尽を許しはしない。力を合わせ、必ずわたくしたち全員、助かってみせますわ」

弱き者が、救われるとでも——？

（おかしいわ）

人はみな生まれながらに邪悪で、優しさは裏切りで返され、弱き者は踏みにじられる。

それが、後宮の掟《おきて》なのではなかったか。

「皇太子殿下の、おなりである」

と、門の向こうから、大量の足音と、先触れの太監の声が響く。

それを聞き取り、最後に蓉蓉がゆっくりと立ち上がった。

「皇太子殿下に、直訴します」

「は……はい!?」

「祥嬪と、太監長の横暴は、目に余る。もはや米一粒ぶんとて我慢なりません。かくなるうえは、皇太子殿下に直訴を」

「えええ!?」

珠麗は声を裏返した。

（郭武官どころじゃない！　とんでもないのを連れてこようとしてる！）

いや、皇太子すなわち郭武官であるのだから、結局同じことなのか。

とにかく、彼に関わると後宮脱出が困難になるという法則は、絶賛発動中であるようだ。

「い、いや！　やめて！　やめましょう!?　大事にしないで、ね！」

「ご心配なく。珠珠さんは、そこに横になっているだけで大丈夫ですわ。夏蓮、引き続き介抱を」

「はっ」

ひょおお……と吹き付ける寒風を背景に、躊躇いなく門へと向かう蓉蓉の姿は、頼もしいことこの上なかったが、いやいや、いったい誰が、そんな任俠《にんきょう》じみた展開を望んだのか。

「ねえ、蓉蓉、落ち着いて！　儀式を遮り、殿下の巡啓を邪魔するなんて、とんでもない不敬だわ！　正式に妃嬪《ひひん》でもないあなたが皇族に口を利こうだなんて、その場で切り捨てられてしまうわよ！」

「珠珠様、お静まりください。さあ、横になって！」

慌てて蓉蓉を追いかけようとしたが、厳しい母親のような形相の夏蓮が、それを許してくれない。

珠麗の叫びを聞き取った蓉蓉は、その場で足を止め、静かに振り返った。

ふ、と唇を綻ばせた彼女に、なぜだろう、とても嫌な予感を覚える。

「――ご心配なく」

はたして、彼女は言い放った。

「わたくしの真の名は、麗蓉《れいよう》。公主《こうしゅ》であり、皇太子殿下の妹ですもの」

「は……？」

もたらされた情報が重大すぎて、咄嗟《とっさ》に受け止めきれない。

完全に硬直した珠麗をよそに、蓉蓉はそれまでの優しげな声から一転、腹の底から響くような厳しい声で周囲に命じた。

「純貴人・静雅、明貴人・紅香、ならびに恭貴人・嘉玉。三貴人よ、わたくしとともに、門を開き、殿下に上申を！」

「はい」

「は――はい！」

「はい……っ」

静雅はしっかりと。紅香と嘉玉は驚きながらも、即座に返事を寄越《よこ》す。

ざっ、ざっ、と石畳を踏みしめるようにして門に向かう四人を、珠麗はもはや涙目になって制止した。

「嘘《うそ》でしょ！　やめて！　な、治った！　治ったから！　私、元気だから！」

「珠珠様、そんなに青褪めておいて、なぜ強がりを仰るのです！　ほら、動かない！」

「ほんとに無事――うぐっ！」

が、過保護な夏蓮によって、猫のように首根っこを摑《つか》まれ、再び横たえられる。

「…………!?　珠珠様、胸元からも、出血が……!?」

「うわあああ！　襟元開こうとしないででええええ！」

しかも、あろうことか、じたばた動き回ったせいで開いた傷口から、じわりと血が染み出てしまい、夏蓮に衣を剝《む》かれそうになった。

「やめて！　ほんとやめて！　大丈夫！　大丈夫だから！」

「なにを仰います！　珠珠様……っ、大人しくなさいませ――！」

身頃を引き寄せる珠麗と、開こうとする夏蓮で、もはや格闘技の様相を呈しはじめ、これでは四人の制止どころではない。

「巡啓を遮る無礼をお許しください！　皇太子殿下に申し上げます！」

かくして、門は開かれてしまったのである。

第九章　後宮も二度目なら

（これで、仕込みはすべて済んだか）

自誠《じせい》は、「皇太子」巡啓の行列に加わりながら、密《ひそ》かに息を吐いた。

後宮の外れ、白泉宮《はくせんきゅう》の近くに位置する舞台は、もう目前だ。ここまでの間、彼はひたすら、重役を担う大臣たちのもとにするりと近付いては、彼らに囁《ささや》きかけてきた。

――こと、成れり。

輿《こし》に続く、各省の大臣たち。皇帝の激昂《げきこう》に巻き込まれるのを恐れ、平和裏に譲位を進めることに腐心する彼らだが、そんな中にあっても、後宮に権力が集中する現状を憂う者はいる。

自誠はこの数年、そうした志高き者を見抜いては、郭《かく》武官として接触し、太監長《たいかんちょう》の権力を削《そ》ぐよう、協力を呼び掛けていたのである。

もちろんそれが一筋縄でいくはずもない。袁氏《えんし》の増長を不快には思いつつも、彼だけが皇帝を宥《なだ》めおおせているというのも、また事実。その「お気に入り」に牙《きば》を剝くことで、皇帝の怒りを買いたくないという気持ちも、大臣たちにはあった。

そこを、ときに金子を動かし、ときに脅し、ときに皇太子であるとの正体を明かしつつ、ようやく、「太監長の不正の証拠さえ見つかれば、躊躇《ためら》いなく彼を引きずり落とす」と態度を固めさせたのである。

（「烏《からす》」私物化の証拠となる金璽《きんじ》は、確保した。あとは、衆人環視の舞台で、それを突きつけるのみ）

おそらく今日の儀でも、袁氏は、手ごまの候補者を優位につけようとするだろう。

そこを叩《たた》く。

（今日を境に、少しでも後宮は清浄な場所に、近付くだろうか――）

悪意と欲望の温床である後宮。どんなに美しく、清らかな人間でも、ここで過ごすと、やがて魂が醜く蝕《むしば》まれてゆく。真水のように透き通った瞳《ひとみ》で、屈託なく笑っていたはずの女が、媚《こ》びた上目遣いで胸を押し付けてきた日の絶望を、自誡は忘れられない。

――甘い声で囁けば、誰もかれもが従うとでも？

とそのとき、あのわずかに掠《かす》れた婀娜《あだ》な声が脳裏に蘇《よみがえ》り、自誡は知らず唇を引き結んだ。

――むしろ、私があんたを守ったんじゃないの！

凶刃の気配を察知するや、躊躇いもなく敵の前に飛び出していった彼女。

文字通り、体を張って自誠を守り、庇護《ひご》の腕も、心配の念さえも、頑として受けいれなかった。

媚びないどころか、常に自誠の腕を振り払い、自身の足だけで立とうとする、珠珠《じゅじゅ》。気高く、けれどなんとも言えぬ愛嬌《あいきょう》があり、強気で、なのに今時珍しいほどの奥ゆかしさも併せ持つ、不思議な女。

(彼女も、この後宮に入ると、澱《よど》んでしまうのだろうか)

自問して、それからすぐ、自誠はその考えを振り払った。

いいや、違う。そうはさせない。

そのために、自分はこの爛《ただ》れた花園を正すのだ。

今度こそ――清らかな者が、清らかなままでいられる場所にするために。

「巡啓を遮る無礼をお許しください！　皇太子殿下に申し上げます！」

と、舞台にほど近い白泉宮の門が開き、中から女たちが険しい表情で踏み出してきた。

声を張っているのは、なんと妹の麗蓉《れいよう》――いや、蓉蓉《ようよう》である。

彼女がこの場に留《とど》まっていることを不思議に思った自誠だが、それ以上に、続く言葉に思わず息を呑《の》んだ。

「白泉宮の者に、毒が盛られました」

「たとえ、わたくしたちすべての落札と引き換えにしてでも、珠珠さんを、お助けくださいませ」

珠珠が、毒を盛られたというのである。

彼が真っ先に思い浮かべたのは、もちろん泉のほとりで付けられた胸元の切り傷だった。浅い傷に見えたが、もしや、刃先に毒が塗ってあったのか。

だが、蓉蓉が睨《にら》み付けるのは、袁氏ではない。

彼女は、行列の中に楼蘭《ろうらん》がいるのを認めると、「祥嬪《しょうひん》よ！」と叫び、指を突きつけた。

「栄華を求め競い合うのは妃嬪の性《さが》。けれど、祥嬪。あなたの取った手は卑劣に過ぎます。毒を仕込んだ遺骸《いがい》を始末させるよう誘導し、無辜《むこ》の者を害するなど。恥を知りなさい！」

どうやら彼女たちの間で、自誡も知らぬ諍《いさか》いがまたあったようだ。

冬の空気を切り裂くような、鋭い糾弾に、場がざわめく。

しかし、楼蘭は表情も変えず、ゆったりとした仕草で耳飾りをいじっただけだった。

「まあ。ひどい言いがかりですのね。証拠もなく他者を貶《おとし》めるのは重罪と、わたくしは忠告したはずですが。この場には、刑罰を司《つかさど》る刑部尚書長《けいぶしょうしょちょう》もいらっしゃいましてよ。いわれなき中傷は重罰――これは開国より受け継がれる法である。そうですわね？」

「あ……ああ」

行列の隅に所在なげに佇《たたず》んでいた大臣が、もごもごと答える。

彼は、娘の上級妃が伽《とぎ》に呼ばれることのないよう、せっせと楼蘭の伽をお膳立《ぜんだ》てしていた一人だ。負い目があるのか、赤い耳飾りの揺れる美貌《びぼう》の嬪《ひん》を、ちらちらと見ていた。

「刑部尚書長として申し上げる。誉《ほまれ》ある天華国《てんかこく》の法は、証拠もなく他者を貶めることを許しません」

祥嬪は「ですって」とばかり片方の眉《まゆ》を上げると、皇太子と太監長に向かって膝《ひざ》を折った。

「お耳汚しのあったこと、後宮の女の一人としてお詫《わ》び申し上げます。ですが、悪意ある者の下賤《げせん》な叫びに、神聖な儀が中断されることなど、あってはなりません。この者たちは捨て置き、どうぞおみ足を舞台へと運ばれますよう」

そうして、何事もなかったように、巡啓を再開するよう促す。

「お待ちなさい！」

だがそれを、かっとした様子の蓉蓉が引き留めた。

「幾人もの女たちを卑劣な手段でいたぶっておいて、ぬけぬけと！」

彼女は叫んだその勢いのまま、楼蘭の腕を摑み、強引に白泉宮の中へと引きずり込んだ。

「なにを――」

「詫びなさい！」

もがく楼蘭を、蓉蓉は強い力で突き倒した。呆然《ぼうぜん》として石畳に横たわっている、珠麗《じゅれい》のもとへと。

「あなたが命を奪おうとした女性に。踏みにじった女官に。跪《ひざまず》いて、詫びなさい！」

「きゃあっ」

「ふ、不敬であるぞ！」

悲鳴を上げた楼蘭を庇《かば》うように、さきほどの大臣が声を張った。

「そなた、白泉宮に身を寄せているという、奴婢《ぬひ》出身の候補者であろう。貴人《きじん》ですらない下賤の女が、祥嬪様を突き倒すなど、言語道断！　者ども、女を捕らえよ！」

「まあ。わたくしが、下賤の女？」

だが、抜身の刀のような鋭さを宿した瞳で、蓉蓉が振り返る。

「皇族への不敬は、重罪。典範の第一項に記された内容すら、刑部尚書長はご記憶でないと見えますわね」

「な……？」

言いようのない気迫を帯びた蓉蓉のことを、大臣はまじまじと見つめる。

「我が母の口利きによって、侍郎《じろう》の階位から引き立てられただろうに……その恩も、恩人の娘の顔も、忘れてしまった？」

「れ……っ！　麗蓉様……!?」

ようやく相手の正体を理解すると、彼は真っ青になって、その場に叩頭《こうとう》した。

「申し訳ございません！　ま、まさか、公主《こうしゅ》様がこの場にいらっしゃるとは思わず！」

公主。その単語に、周囲がざわめく。

「なぜ公主様が？」

「皇太子殿下はご存じでいらっしゃったのか？」

「祥嬪様との間に、いったいなにが……」

収拾がつかなくなりそうな空気を、涼やかな声が遮った。

「殿下に申し上げます。これは単なる候補者同士の諍いを超え、看過できぬ事態である様子。しばし輿を休め、公主様のお話を詳しく聞くべきかと」

郭武官に扮《ふん》したままの、自誠である。

朗々とした声は、張り上げなくとも一同の耳に染みわたっていく。

にわかに静まり返った空間で、輿上の人物は、「許す」と告げた。

自誠は、こちらの意を汲《く》んでくれた乳兄弟の玄《げん》に感謝の目配せを送りつつ、「では私が」と断り、速やかに白泉宮に踏み入っていく。

毒を受けたという珠珠の容体が、気になっていた。


（どっ、どどっ、どどどっ、どうしよう！）

一方の珠麗は、相変わらず夏蓮《かれん》によって石畳に横たえられたまま、急速に悪化の一途をたどる事態に青褪《あおざ》めていた。

一人きりになるどころか、皇太子ご一行にかち合ってしまい、人目の多さといったらこれ以上ないくらいだ。

この状況下で、いったいどうしたらこっそり逃亡できるというのか。

（もう正午になるのにいい！）

そのへんの塀の上から、礼央《りおう》が蔑《さげす》みの視線を寄越《よこ》してはいないかと、珠麗は涙目になって周囲を見回した。礼央の命を破るのも、もう二度目だ。さすがに見捨てられる気がする。

だが、そんな懊悩《おうのう》など露知らず、完全に着火してしまった蓉蓉は、羅刹《らせつ》のごとき形相で楼蘭を責め立てているのであった。

「あなたにも事情があるのかと、ことを見守っていましたが、これ以上の我慢はなりません。わたくしの大事な友人に手を出したその罪、まずは詫びて償いなさいませ」

「まあ、乱暴ですこと。お母君の威を借りてご満足ですか？　ここは後宮、皇族の妻と側室にだけ居住が許される場所。公主であるのに身分を偽り、殿下と結ばれるつもりもないのに後宮に忍び込んだあなた様が追放されるのが、先ではございませんか？」

だが、楼蘭も負けてはいない。

とにかく敵は排除、隙あらば追放、と巧みに話を持っていくその姿勢には、いっそ感嘆するほどである。

い感すらある。

というかもう、この場で珠麗を後宮から逃がしてくれるのは、彼女をおいてほかにいな

「痴《し》れごとを！　わたくしは、厳粛な揺籃《ようらん》の儀で、有力な候補者を妨害するあなたのような悪女を摘発するために、兄より命をもって後宮に遣わされたのです。純貴人《じゅんきじん》には鏡、明貴人《めいきじん》には筆、恭貴人《きょうきじん》には酒、そして珠珠さんには毒。白泉宮に対してだけでも、これだけの細工をして妃嬪《ひひん》を妨害した……覚えがないとは言わせませんよ！」

「まあ」

楼蘭はあくまで淑《しと》やかに首を傾《かし》げた。

「鏡を割った相手を諭し、墨をこぼした粗相を嗜《たしな》め、労《いたわ》りの酒を贈ることのどこが、妨害と？　毒にいたっては、わたくしはまったくの無関係です。その珠珠という方の、自作自演なのでは？　同情を引くため毒を盛られたと騒ぎ立てる、そんな汚らわしい者は、即座に後宮からつまみ出すべきですわね」

その通りである。

珠珠はもう、この場に楼蘭しか味方がいないような錯覚さえ抱きはじめた。

「そ、そう！　そうなのよ！　祥嬪様は悪くないわ！　ここはぜひ、私を追放——」

「珠珠様！」

ぜひ追放の方向で、と申し出ようとしたが、夏蓮と、三貴人によって口を塞《ふさ》がれる。

「わたくしたちを守ろうとしているのでしょうが、庇い立ては無用です」

「必ず祥嬪様を、打ち破ってみせるわ」

「なので、被害を隠さずとも大丈夫ですわ」

闘志に輝く瞳《ひとみ》に、珠麗は絶望を覚えた。燃え上がった善意ほど厄介なものはない。

「あなたの主張を整理しましょう、公主・麗蓉様。祥嬪様は、揺籃の儀に際して妃嬪たちに数々の妨害工作を行い、かつ、そちらの珠珠殿に、毒を盛ったというのですね」

「ええ。珠珠さんは彗星《すいせい》のように現れ、二日目にして上級妃候補にまで頭角を現した、優れた女性。それを脅威に感じての犯行に違いありません」

郭武官と蓉蓉、いや、皇太子とその妹は、息の合ったやり取りで、着実に弾劾を進めていく。そこで蓉蓉は、ちらりと袁氏に一瞥《いちべつ》を向けてから、楼蘭に向き直った。

「ですが、妨害や犯行は、あなたひとりの力によるものとは思えません。殿下は、後宮全体の浄化をお望みです。祥嬪。あなたに手を貸す共犯者――いえ、主犯かもしれません、その者は誰なのです？　この場で告げれば、罰を軽減することも考えましょう」

どうやら、楼蘭に袁氏を告発させて、後宮の膿《うみ》を出しきるつもりのようである。

三貴人や夏蓮もさっと立ち上がり、蓉蓉の前に跪いた。

「微力ながら、わたくしどもの証言もお役立ていただけるかと」

「感謝します」

今や、多勢に無勢。楼蘭が罪を認めれば、太監長まで道連れにできる――。

「………」

だが、楼蘭は袁氏の名を口にしようとはしなかった。

その顔は青褪め、拳《こぶし》は震えているのに、である。

「落ち着いてください、公主様。女同士のつまらぬ諍いに、なぜ首魁《しゅかい》などいましょうか」

とそこに、やけにもったいぶった声が響く。声の主は、袁氏その人であった。

「祥嬪・楼蘭は、凋落《ちょうらく》を恐れてほかの候補者たちを妨害した。それだけの話ではありませんか。嬪にふさわしくない所業ではありますが、他愛もない喧嘩《けんか》の延長でしょう。死者も出ていない。彼女への罰は、内務府《ないむふ》より与えますので、どうぞ私めにお任せください」

鷹揚《おうよう》に告げる彼は、その実、楼蘭に凄《すご》むような視線を寄越している。

「べつに、天下に不敬を働く重罪を犯したわけでは、ないのですから」

言葉の含みを理解して、珠麗は息を呑《の》んだ。

(そうか……。「女同士で諍いを起こした罪」より、「皇帝に不敬を働いた罪」のほうが重いのだわ)

前者は降格、重くても後宮追放で済むが、後者となれば、一族郎党斬首《ざんしゅ》である。

いまだに手紙を握られていると思っている楼蘭からすれば、この場で袁氏を告発することはできないのだ。

「さあ、この場は私めにご一任を。祥嬪から妨害された貴人たちには、評価を一段加味しましょう。毒を受けたという、珠珠。そなたには、私が責任をもって医官と、世話役の太監十名を手配し、昼夜を徹した完全な看護を約束しよう。これで手打ちとする――ということでいかがですかな？」

楼蘭が黙っているのをいいことに、袁氏はさっさと話をまとめようとする。完全看護、という言葉を聞いた珠麗は、ぎょっと目を見開いた。

（そんなことされたら、ますます脱走が困難になるでしょ!?）

まったく、どうして誰もかれも、自分を一人きりにしてくれないのか。

――カア……ッ

ちょうどそのとき、空の片隅を黒い影が掠《かす》めて行ったのに気付き、珠麗はいよいよ追い詰められた。

まずい。礼央がもう、戻ってきている。

もはや一刻の猶予もない。こうなっては楼蘭の言うように、この毒殺疑惑が自作自演であるとして、騒乱罪での追放を狙うほかないように思われる。

取り調べに投獄されるのでもいい。とにかく一時的に、一人になれれば。

だが、唯一自分を責め立ててくれそうな楼蘭はといえば、烏《からす》の鳴き声を聞いてから一層震えている。完全に戦意を喪失している模様だ。

（お願い、しっかりして、楼蘭！　あんたが今ここで倒れたら、私の脱出計画はどうなっちゃうのよ！　あんただけが頼りなのよ⁉）

そのとき、重大なことを思い出した珠麗は、はっと懐をまさぐった。

そうだ。

礼央から渡された、その肝心の手紙を、まさに自分が持っているのではないか――！

「楼蘭！　楼蘭！」

ちょうど夏蓮たちが蓉蓉のもとに移動していたのをいいことに、向かいの楼蘭に小声で囁《ささや》きかける。

ぼんやりと顔を上げた彼女に、珠麗は強引に手紙を握らせた。

「心配しないで。『鳥』はもう、あんたを襲わない」

「え……？」

「これは、かつてあんたが書いた手紙よ。太監長の室から、取り返したの。あんたはもう、自由なのよ！」

発言が理解できないのか、楼蘭は目を瞬《しばたた》かせる。掌《てのひら》に押し込まれた紙に触れ、呆然《ぼうぜん》とした様子でその文面に視線を落とすと、彼女は大きく目を見開いた。

「…………！」

「あんたにあげるわ」

「なぜ、あなたが――」

「その話は後よ」

まさかここで正体を告げるわけにもいかない。

珠麗は瞳を揺らした楼蘭を遮り、本題を切り出した。

「引き換えに、私を助けてほしいの。いい？　太監長にこう反論するのよ。『私は毒なんて盛っていない、この女の自作自演だ』と。そうして、私を後宮から追い出してほしいの」

楼蘭は強く手紙を握りしめている。

涙の盛り上がった瞳で珠麗を振り返ると、震える声でありがとうと呟《つぶや》き、次の瞬間には、勢いよく立ち上がった。

「異議を！」

鈴を鳴らすような凛《りん》とした声で、高らかに告げる。

天華国《てんかこく》の人間が誓いを立てるときのように、彼女は右手の三本の指を立て、真っすぐに天を指した。

「天地神明に誓って、わたくしは彼女に毒など盛っておりません！」

「祥嬪？」

突然の叛意《はんい》に、袁氏が訝《いぶか》しげに眉《まゆ》を寄せる。

珠麗はというと、楼蘭を援護するように、「そうよそうよ！」とともに立ち上がった。

「そうよ！　祥嬪様は無実よ！」

「たしかに、白泉宮の貴人に当たりが強かったことはありましょう。けれど、わたくしはこれまで一度だって、直接誰かに手を下したことなどなかった」

「そうよそうよ！」

「おぞましくも遺骸《いがい》に毒を仕込み、彼女を害したのは――太監長、あなたです！」

「そうよそう――」

勢いのまま同意しかけて、珠麗は息を飲み込んだ。

「はっ？」

愕然《がくぜん》として振り返る。そこは、「この女です！」と続けるべき場所ではなかったか。

軌道修正を試みるべく、楼蘭の袖《そで》を引こうとしたが、さりげなく振り払われる。

先ほどまでの怯《おび》えた態度から一転、枷《かせ》であった手紙を取り返した楼蘭は、強い闘志を漲《みなぎ》らせ、きらきらと、いや、ぎらぎらと瞳を輝かせていた。

「この珠珠なる娘は、儀の初日に太監長を侮辱しました。彼はそれに激怒していた。だからこそ、女官の餞別《せんべつ》のため白泉宮に豚を贈りたいと、わたくしが内務府に申し出たとき、毒を仕込んだ豚を用意したのでしょう。そうしてわたくしに罪をかぶせようとしたのです」

「ちょ、あの」

珠麗は焦った。

焦りながらようやく理解した。自分は楼蘭の性質を、完全に見誤っていたのだと。

涙をこぼしながら人を処刑に追いやれる女が、足枷《あしかせ》を外されたからといって、恩返しを優先するはずがない。

楼蘭は安堵《あんど》して珠麗の脱走に手を貸すどころか、毒殺の濡《ぬ》れ衣《ぎぬ》を袁氏に着せて、真っ先に復讐《ふくしゅう》を果たそうというのだ。

(性格が戦闘民族すぎるでしょおお!?)

美麗にして、苛烈《かれつ》。

反撃の機会を得るや、一気に相手の喉笛《のどぶえ》に食らいつこうとする楼蘭が、元友人だとか仇敵《きゅうてき》だとかを通りこして、一匹の狼《おおかみ》に見える。

珠麗は白目を剝《む》いた。

「祥嬪殿。それは本当かい?」

「ええ、郭武官殿。この太監長の肩書を持つ男は、幾度となくそうした卑劣な手を取っては、わたくしや、ほかの妃嬪に罪をかぶせてきました」

もとより彼の狙いが太監長だったからだろう、自誠が素早く食いつく。

楼蘭はそれに即座に頷《うなず》き、厳かに告げてみせた。

「けれど、わたくしたちは逆らえなかった……。なぜなら彼は、陛下直属であるはずの『烏』を私物化し、その武力を威に恫喝《どうかつ》してきたからです。金子を奪い、心をいたぶり、操り、罪をかぶせ。その悪行は枚挙にいとまがありません。にわかには信じられぬでしょう。けれど、わたくしはこの告白が真実であると、天地に誓ったっていい！」

（爽《さわ》やかに天地に向かって嘘《うそ》つくよね!?）

楼蘭は、己の天女然とした美貌《びぼう》をよく理解しているのだろう。天を指差す彼女には、巫《み》女《こ》のような神聖さと迫力があり、そのはったりの効果は抜群だった。

周りを取り囲んでいた大臣たちが、『烏』を私物化……？」とざわめきはじめたのである。

「口を慎め、不届きな悪女め！　自分が毒殺の罪を暴かれたからと、この私を巻き込もうとするなど……！　祥嬪・楼蘭。自分がなにを言っているのか、わかっているのだろうな？」

徐々に怪しくなってきた雲行きを察したのか、袁氏が口調を荒らげる。

だが、「烏」による暗殺を匂わされても、楼蘭は動じなかった。

「ええ。よくわかっておりますわ」

「この――！　殿下！　殿下！　どうか誤解のなきよう！」

袁氏はぱっと身を翻すと、顔を真っ赤にして輿《こし》上の皇太子を見上げた。

「なにもかも、この女の口から出まかせです。なぜ私が、陛下の信頼を汚すような真似《まね》をしましょう。私物化など、考えるのも恐ろしいことです。だいたい、証拠もなしに――」

「証拠なら、ここに」

だがそれを、自誠が遮る。

彼は懐を探ると、恭しい手つきで、小ぶりの金璽《きんじ》を取り出した。

「まだ誰にも報告できていなかったのだけどね。なぜかあなたの政務室に、『烏』を動かすための金璽が隠されているのを見つけましたよ」

「…………！」

袁氏が息を呑む。おそらく、内務府の方向から不審火が上がったことまでは把握できても、「賊」のその後の足取りまでは報告を受けていなかったのだろう。

なにせ、内務府に残してきた手駒は、自誠がすべて片付けてしまったのだから。

「これは、罠《わな》です……」

だが、袁氏はしぶとかった。彼はその場に跪《ひざまず》くと、輿の上の「皇太子」に救いを求めてみせたのである。

「太監と武官はもとより折り合いが悪い。特に郭武官はその野心高さから、私を貶《おとし》めようと幾度となく攻撃を仕掛けてきました。その金璽とて、彼が盗み出して私の室に仕込んだに違いがありません」

彼は遺憾そうに首を振りさえしてみせた。

「恐ろしい男です。少なくとも彼は、今の発言で、私の政務室に侵入した罪を認めたも同然。いいえ、私の室などどうでもいい。厳粛に守られるべき陛下の金璽を無断で奪った罪が問題なのです。まさに万死に値する重罪です」

「ほう」

輿の上からは、短く相槌《あいづち》が返る。

「さほどに、問題か？」

「もちろんでございます。金璽、玉璽《ぎょくじ》は皇族にのみ使用が許され、何人たりともその尊厳を冒してはならぬもの。許可もなしに奪おうなど、言語道断です」

袁氏は、世間知らずの子どもに言い聞かせるようにして告げたが、しかし、続く返事に目を瞬かせる羽目になった。

「ならば、問題ない」

「は？」

「今そこで金璽を突き出している人物こそ、真の皇太子殿下なのだから」

なにを、と袁氏が聞き返すよりも早く、輿の上の青年はひらりと地上に飛び降り、郭武官——いや、皇太子・自誠に向かって跪いた。

「郭氏が息子、玄より、皇太子殿下にご挨拶《あいさつ》申し上げます」

それから、彼は顔を上げ、へにゃりと情けない笑みを浮かべた。

「もう……替え玉生活は終えて、いいですかね……？」

「ご苦労だったね」

自誠は軽く笑って、乳兄弟である玄を立たせる。並び立つと、二人の背恰好《かっこう》はよく似ていたが、まとう威厳の差は明らかであった。

どれだけ豪奢《ごうしゃ》な衣装に身を包んでも、玄はさしたる印象を残さないのに、武官の衣装をまとった自誠は、ただそこに立っているだけで視線を惹《ひ》きつけるのだ。

「いやあ、ろくに変装もしていないのに、よく見抜かれずここまで来ましたよお……」

「君のさっぱりとした顔立ちがいいのさ。それに、僕たちは、ずっと郊外に籠《こ》もってばかりだったからね」

「褒めるような口調で、影の薄さを指摘するの、やめてくれません……？」

乳兄弟と気安い会話を交わしてから、自誠は太監長に向き直った。

「――というわけで、僕が父上の金璽に触れるのは、なんの問題もない。太監長の室に無断で踏み入ったこともね。次期皇帝と太監長ではどちらが格上か、さすがにわかるだろう？」

「…………」

「金璽は巧妙に隠されていた。意図的な簒奪《さんだつ》であった証拠だ。金璽は、何人にも尊厳を冒されてはならぬものであり、破った者は万死に値する——だったね。ならば金璽を奪ったあなたは、どう罰されるべきかな？」

固唾《かたず》を呑《の》んで展開を見守る大臣たちの前で、自誠はゆったりと首を傾《かし》げる。

袁氏は一度奥歯を嚙《か》み締めると、やがて不自然に笑いだした。

「ふ……、ははは」

「太監長？」

「罰されるも、なにも」

彼は口元を歪《ゆが》め、大きく両手を広げてみせた。

「金璽は、奪ったのではない。間違いなく、私が陛下から直々に賜ったものですよ」

「笑止。金璽の下賜など、吏部《りぶ》尚書《しょうしょ》のいかなる記録にも残されていない。金璽ほどの重大なものが、口約束で手渡されると？」

「口約束ではない、密命と言うのです。お疑いなら、陛下に直接お尋ねになればいい。陛下が私に全幅の信頼を置いていることは、ご存じでしょう？　陛下はご心身の不調に苦しんでおられた。そこで、信頼厚きこの私に『烏《からす》』を統括する権限を託されたのですよ。我が右腕に成り代われと、この私の右手に、直接金璽を握らせたのです」

袁氏の口調は揺るぎなく、態度は自信に溢《あふ》れている。

後宮を管轄とする役職でありながら、三日にあげず本宮に召されるほど重用されているのは事実ではあったため、一同は口をつぐんだ。

それを見た袁氏は、我が意を得たりとばかりに、大きく口の端を引き上げた。

「判断力に自信をなくされた陛下を支えるべく、陛下のご意志のもと賜った金璽を用いて、なにが悪いのです？　金璽を隠したのは、陛下の名声に傷が付くのを恐れたゆえ。そうとも、私が正式に全権を委任された忠臣であるからこそ、命じられる『烏』の側とて、私に従ったのではありませんか！」

恐るべき「烏」の名を出され、いよいよ周囲は袁氏の主張に呑まれていった。

「たしかにそうだ……」

「金璽が奪われたものだったなら、『烏』が黙っているはずがない……」

「おわかりいただけたようで、何よりです」

袁氏は鷹揚《おうよう》に頷くと、自誠に向かって、憐《あわ》れむような視線を送ってみせた。

「思い込みのあまり、先走ってしまわれたようですな。とはいえ、そうした誤解や暴走も、若さゆえです。これよりのちは殿下にも忠義を尽くす身。もちろんこたびの理不尽な糾弾は、聞かなかったことにいたしましょう」

しかし彼は、立ちつくしたままの楼蘭を振り返ると、こちらには底冷えのするようなひと睨《にら》みをくれた。

「だが、こうした無礼な女を後宮にのさばらしておけば、殿下のためになりますまい。祥嬪は私の名声を汚し、ひいては陛下を侮辱した。彼女からは妃嬪《ひひん》の地位を剝奪《はくだつ》し、一族郎党極刑に処すべきかと」

「よくも――」

狡猾《こうかつ》に窮地を脱してみせた相手に、楼蘭は青褪《あおざ》めている。

だが、彼女が抗議の声を上げるよりも早く、袁氏は酷薄に目を細め、付け足した。

「そうそう。ともに私を侮辱した、珠珠。そなたもだ。なにやら祥嬪と仲良さげにしていたではないか。ともに冥土《めいど》に送ってやろう」

「ええ⁉」

「なんですって……⁉」

驚きに息を吞む女たちをよそに、袁氏は短く「捕らえよ」と太監たちに命じる。

「太監長。越権である！」

「いいえ、皇太子殿下。これもまた忠誠心です。花園を美しく保ち、害虫があらば即座に排除するのが、太監長である私の本分でございますゆえ」

自誠は鋭く叫んだが、ここは後宮――太監長の管轄。

優位を確信した袁氏は、捕縛を強行した。

「おやめください！」

「なぜ珠珠さんまで巻き込む必要があるのです！」

「この……！　珠珠様に触れるな！」

三貴人や蓉蓉、夏蓮が必死に抗議するが、男の力に敵《かな》うはずもない。袖《そで》を強く引っ張られ、危うく胸元を露出しそうになった珠麗は、ひえっと身頃をきつく合わせた。

（おおおおおい、楼蘭んんんんん！）

脳内では、楼蘭の肩を摑《つか》んで激しく揺さぶる。

こやつめが、自分の復讐《ふくしゅう》を優先して返り討ちにあったせいで、自分まで巻き込まれて処刑まっしぐらではないか！

「あ――あんたに、忠誠心なんて言葉を口にする資格があるのかしらね、太監長！」

窮地に追い込まれた珠麗は、火事場の馬鹿力で太監を突き飛ばし、力の限り叫んだ。なにせ元は豚体型だったので、肺活量には自信がある。

周囲がぎょっとした隙をつき、勢いのまま続けた。

「信が厚かったから、皇帝陛下から権限を委譲された？　右手に金璽を握らされた？　嘘おっしゃい、あんたがそう仕向けたんじゃないの。皇帝陛下のお体を蹂躙《じゅうりん》して！」

「なんだと？」

不穏な発言に、周囲の空気が一気に張り詰める。

が、そんなことに構っている余裕はなかった。

本当なら、宮廷の陰謀だのなんだのには一切関知したくなかったが――ここで太監長を倒さねば、自分が殺されるのだ。持ちえる情報、その真偽が明らかでないものも含め、すべてを切り札に戦うしかなかった。

「奴婢《ぬひ》風情が、みだりに陛下を呼ぶでない！　不敬である。者ども、即座にこの者の舌を切り落とせ！」

「いいや、太監長」

太監長は激高したように命じたが、それを自誠が制した。

「彼女の声には迫真の響きがある。話だけでも聞いてみようじゃないか」

「なりません、殿下。儀の刻限も押しており、そのようなことをしている時間などは――」

「若さゆえの敏捷《びんしょう》さを活《い》かして、民草の声を聞き取るのが皇太子の本分なんだ。僕が本分を果たそうというのに、邪魔しないでくれるかな」

抗議は、先ほどの揶揄《やゆ》を取り込んだ皮肉で封じられる。

「さあ、珠珠。続きを」

真剣な顔で続きを促した自誠に頷《うなず》き、珠麗は唇を湿らせた。

「……花街の貧しい妓女《ぎじょ》が身ごもったとき、楼主は妓女に、頬紅を贈る風習があるのを、ご存じですか」

「花街？」

思いがけず飛んだ話題に、周囲は眉《まゆ》を寄せる。だが、それをよそに、珠麗は花街での日々を思い起こしながら、必死に言葉を手繰り寄せた。

「一口に花街と言っても、楼の格や繁盛の具合によって、妓女の境遇は様々です。貧しい楼では、毎日低額でも客を取らねば、とてもやっていけない。妓女の懐妊は『商品』の汚損でしかなく、それゆえ、妊娠がわかると妓女は必ず堕胎を迫られました」

花街一の権勢を誇り、いつも華やかだった朱櫻楼《しゅおうろう》。

けれどその一画から少しでも離れれば、そこには貧しさと苦しみが溢れていた。

性病で肌を爛《ただ》れさせ、がりがりに痩《や》せこけた女たちが、それでも日々の糧を得ようと客引きをしていたのだ。

「楼に財があれば、上等な堕胎薬が処方されます。上等とはつまり、医者が処方した、母体を傷付けにくいものという意味です。でも、貧しい楼ではそうはいかない。妓女は毒を飲み、あえて体を傷付け、子を流しました」

「……なぜ今、そのような話を」

「とはいえ、毒を常備していては、役人に検挙されてしまう。隠しても摘発されてしまう。そこで楼は自然と、独自の毒を生み出しました。いいえ、見出《みいだ》したというべきか。堕胎の毒は、身近なところにありました。頬紅です」

あの、恐ろしいほどに鮮やかな朱色を思い出す。

どこもかしこも朱色に彩られた花街の光景。

朱色は栄華の色であり、血の色であり、毒の色だった。

「頬紅を溶かすと、美しい銀色の水──水銀が得られます。これは常温に戻っても、液体の姿を保ちつづける。そしてそれを含むと、体中に鉱毒が行き渡り、子が流れるのです。ただし、量が多すぎて、苦悶《くもん》の内に自身が死に絶えてしまう女も多かった」

羽振りのよい朱櫻楼では、見かけなかった。けれど、すぐ隣では、ありふれた光景。

「そこで女たちは、ごく自然な発想で、微量の水銀を毎日少しずつ含めば、避妊の効果が得られるのではないかと考えました。一度に多くを取るからいけない、慣らせる程度に毒をその身で飼えばよいのだと。たしかに、水銀で即死する妓女は減りました。けれど一時期花街で流行《はや》ったこの考えは、数年をかけ、とんでもない悲劇を引き起こしました」

真っ先に、自誠が話の先を悟った。聡《さと》い蓉蓉も、博識な純貴人も。

皆が息を吞む中、珠麗は淡々と続けた。

「微量の水銀は、即座に命を奪うことはない。けれど飲んだ者の想像とは異なる形で、数年後、その身を蝕《むしば》みました。ある者は下血が止まらなくなり、死んだ。ある者は骨が砕けて背が縮み、またある者は体中の痛みに、何年も苦しみ抜いた末に死にました」

「…………！」

大臣たちもまた、顔を見合わせた。

彼らは今、ここ数年の皇帝の様子を思い出しているのだろう。

珠麗も脳裏では、楼蘭による描写をなぞっていた。

——陛下は獣になられた。老いさらばえた獣のように身を丸め、呻《うめ》いてばかり。始終身を丸めて呻いていたのは、その全身を襲う痛みからだろう。水銀を含んだ者の多くは、骨がもろくなり、体を支えられなくなるから。

「またある者は徐々に残虐になって、周囲の者を刺して回り、逆に殺されました。いずれも、獣のように、涎《よだれ》を垂らしつづけていたと聞きます」

——だらだらと涎を垂らし、妄想に取りつかれては怒り狂っておいでです。

水銀はまた、脳をも蝕む。譫妄《せんもう》に陥り、判断力を失い、ときに残虐になるのだ。感情の制御が利かなくなり、烈火のごとく怒り狂う。

「まさか……」

楼蘭が、食い入るようにこちらを見つめている。

彼女が震える指先で、赤い玉の耳飾りに触れたのを見て取ると、珠麗はそれを耳から奪い取った。

「頰紅の主原料をご存じですか？　朱砂。赤く透き通った、とてもきれいな鉱石ですよ。熱すれば銀色に輝く水となり、もっと熱すれば再び紅の色を取り戻し、さらに過熱すれば、再び銀の水の姿になる。まるで、何度となく美しく蘇《よみがえ》る、不老不死の石！」

大きく目を見開いた一同に向かって、玉を突きつける。

美しく、いかにも神秘的な赤い玉。皇帝がありがたがって口にし、屈強な「烏《からす》」では、半年服用してもその害に気付けなかった、恐ろしい毒の塊を。

「けれど、この美しい鉱物は、猛毒です。長い時間をかけて蓄積し、ある日を境に心身を蝕む。太監長、あんたは、恐れ知らずにも陛下に毒を盛って、正体を失った尊きお方のことを、操ったのよ！」

裂帛《れっぱく》の叫びは、白泉宮の敷地中に響き渡った。

誰もが凍り付いたように沈黙する中、やがて袁氏が、顔を真っ赤にして怒鳴った。

「でたらめだ！」

口角泡を飛ばし、大きく腕を振り上げている。それはまるで、怒り狂ったというよりは、追い詰められた獣がめちゃくちゃに暴れるような姿であった。

「私は陛下を救ったのだ！　私の差し出す金丹だけが、陛下の心身を癒《いや》せる。だから『烏』も私を殺さなかったのだろうが！　女の浅知恵で、でたらめなことを言いおって！」

「朱砂と一緒に、痛みを麻痺《まひ》させる麻沸散《まふっさん》でも混ぜていたんでしょうよ！　安上がりな金丹だこと！」

「この、女ぁあああ！」

――恐れているのだ。

珠麗はふと悟った。

袁氏は恐れている。己の手口が露見することを。なぜなら、「烏」に知られては、己の命が危ういから。

恐怖は人から冷静な思考を奪い、同時に、怒りよりも強い力をもたらす。

明らかな悪手だとわかろうものなのに、袁氏は脇に差していた剣を引き抜くと、勢いよく珠麗に向かって突進した。

「その口を、閉じろおお！」

――キ……ンッ！

澄んだ音の発生源は、二つあった。

ひとつは、素早く珠麗を後ろ手に庇《かば》い、袁氏の剣を弾《はじ》き飛ばした自誠の剣。

もうひとつは、

「な……っ!?」

袁氏の右腕に絡んだ、細い糸だった。

細い糸は、ピンと伸びた状態で、塀の上に続いている。後宮を取り囲む重厚な塀の瓦《かわら》に、一人の青年が立っていることに、そのときようやく人々は気付いた。

「『烏』の頭領より、伝言である」

黒ずくめの恰好《かっこう》をした青年は、黒曜石のような鋭い瞳《ひとみ》を冷ややかに細めている。

彼が糸を引くと、まるで操り人形のように、袁氏の腕が、くんっ、と持ち上げられた。

「陛下が長年愛用されている金丹、その原料である朱砂は、微量であれば即効性の毒とはならない。だが、長期にわたり蓄積すれば、気性を火のごとく荒らげ、判断力を失わせる作用があることが認められた」

「ひ……っ」

太監長が青褪《あおざ》めて、その場でじたばたともがく。だが、糸は緩むどころか、衣をすうと断ち切って、少しずつ、右腕へときつく巻き付いていった。

「や、やめ……っ」

「よって、太監長の右腕をして金璽《きんじ》を持たせよとの陛下の命は、無効であると、『鳥』は判断した。その右腕は、金璽を揮《ふる》うに値しない」

ぎんっ！　と曇った音が響き渡ったとき、その場にいた女たちは、一斉に悲鳴を上げた。

「ひ……っ」

「ぐあああ！」

糸から解放された袁氏は、血を噴き出す腕を押さえながら、その場でのたうち回った。

大音量の悲鳴をそよ風のように聞き流しながら、黒ずくめの青年――礼央は、音もなく地に飛び降りる。

そのまま自誠の前に跪《ひざまず》くと、真っすぐに顔を見上げた。

「皇太子殿下。本題のみ申し上げます。薬と称して毒を差し出していたこの者の罪は、法では裁ききれぬゆえ、取り調べの後は、『烏』に処罰を任せてほしいと、頭領の願いです。もちろん、おめおめと陛下を毒に晒《さら》した『烏』の手落ちについて、処分は殿下にお任せしますゆえ」

「……結局、君は、『烏』の後継者ということでいいのかな？」

突然の展開に、周囲はすっかり度肝を抜かれていたが、そんな中でも自誠は冷静だった。片方の眉を上げ、首を傾《かし》げてみせた皇太子に、礼央もまた、ふと口の端を引き上げる。

「今はただの伝言役。継いではいません」

それから、挑戦的に相手を見つめたまま、付け足した。

「継ぐべきかどうかの、見極めも済んでいない」

「へえ。君の『試し』を、僕は生き延びたように思うけど」

「あんなので足りるものか」

両者は静かな火花を散らし合ったが、やがて自誠のほうが先に視線を逸《そ》らした。

「まあ、いい。それよりも、今はやるべきことが山積している」

彼は、すっかり硬直している面々に向かって大きく手を打ち鳴らすと、次々に指示を飛ばした。

「見ての通り、袁氏による恐るべき陰謀が明らかになった。陛下の命に係る重大事であるゆえ、儀は即刻中断し、本件への取り調べを最優先する。武官たちは直ちに袁氏を捕らえよ。大臣たちは急ぎ本宮に戻り、陛下のご体調の確認、および、会議の召集を。太監たちは後宮中の妃嬪《ひひん》候補に儀式の中断を伝え、宮にて待機させるように」

明確な指示に、ぼんやりとしていた人々もようやく、目が覚めたように動き出す。

「そして太監副長《たいかんふくちょう》は、急ぎ、医官を呼ぶように。毒を盛られた珠珠を、国賓として丁重に診させてくれ」

「へっ⁉」

流れで一連の出来事を見守るしかできなかった珠麗は、ここにきて唐突に話を振られ、びくりと肩を揺らした。

「な、なぜに、国賓扱い⁉」

「もちろん、本件解明の立役者だからね。逃がすわけにはいかない……もとい、丁重に遇さねば」

目が合うと、自誠は悪戯《いたずら》っぽく微笑《ほほえ》む。

甘い声と微笑みには、普通の女であればくの字で吹き飛ばされるような色気があったが、珠麗は青褪めるだけだった。

（ど……っ、どっ、どど、どうすれば……っ）

自誠の用意する看護態勢なんて、袁氏が用意するそれ以上に隙がなさそうだ。

というより、珠麗をこの場から連れ出してくれるはずの礼央まで、この場にやってきてしまっていて、もうなにをどうしたらいいのか、さっぱりわからない。いや、珠麗が刺されそうになったから、彼も出しゃばらざるを得なかったのだ、とは、薄々理解してはいるのだが。

少し離れた場所に佇《たたず》む礼央に、目で合図してみせるが、彼は珠麗との関係を周囲に悟られたくないのか、まるで視線を合わせてくれない。

珠麗が、目が痙攣《けいれん》しそうなほど必死に瞬《まばた》きをしている間にも、自誠が粛々と事態を進行させていた。

「――さて、祥嬪・楼蘭。君の処遇が、一番悩ましいところだ。君が長らく袁氏と共犯関係であったことは、武官に扮《ふん》した僕自身と、麗蓉公主の目で確認している。一方で、被害者でもある。自身が複雑な境遇にあることは、理解しているね？」

「…………」

楼蘭はゆっくりと振り返る。

長年己を苦しめてきた枷《かせ》から突如解放され、仇敵《きゅうてき》を裏切り、糾弾し、返り討ちに遭いかけ、けれど恐るべき真実を知って、とうとう仕留めた――。

この短時間に、あまりに膨大な刺激にさらされ、感情を使い切ってしまったように見えた。ぼんやりとしている。

「……家族に累が及ばぬならば、殿下のお気が済むよう、処分なさって結構ですわ」

ふと彼女は、手に握りしめた手紙に視線を落とすと、それを指でなぞった。

その感触を、疑うかのように。手紙は——これまでずっと彼女を苦しめてきた枷は、こんな軽いものだったのかと、驚くように。

「……これほどあっけなく、片付くものだったのですね」

ぽつりと漏らした言葉が、彼女の想《おも》いのすべてであった。

「朱色の玉の正体に、もっと早く気付いていれば。陛下の変貌《へんぼう》を、症状として捉えられていれば。錬丹術《れんたんじゅつ》を知っていれば、……こんなに、苦しむことはなかった」

三貴人たちは、その独白に複雑な表情で聞き入っていたが、蓉蓉と自誠は、難しい顔つきになった。

「被害者であることは認めますけれどね、祥嬪。第三者からすれば、あなたとて加害者であることは間違いありません。そしてその悪行は、必ず償われなくてはなりませんわ」

「それに、単に袁氏に脅されていたからというには、君はやけに権力に執着していたようだし、やり口も巧妙だった。君自身の意志で実行した悪事も、あるね？」

自誠は、なにかを覚悟するような間を置いてから、慎重に尋ねた。

「教えてほしい。君が嬪《ひん》に昇格する原因ともなった、流産の一件……あれは、狂言だったのかを」

「…………」

楼蘭はしばし、黙っていた。

それからふと唇を綻《ほころ》ばせ、やっていられないというように、手紙を握りしめた。

自暴自棄な笑みだった。

「そうだと認めたら、なにが変わるのです？」

「なにが変わるか、だと……？」

自誠がぎらりと表情を険しくする。

めったにないことに、その声には、明らかな怒りの色が滲《にじ》んでいた。

「罪の深さも、その肩書も、大きく変わるだろう。君は、無力な被害者などではない。なんの罪もない女性を陥れ、それを踏み台にして階位を得た、卑劣な悪女だ」

「そう。では、それ以外にどうすればよかったのです⁉」

楼蘭もまた、突如激高したように叫び返した。

ぐしゃぐしゃにした手紙を乱暴な手つきで開くと、彼女はそれを地面に叩《たた》きつけた。

「この檻《おり》の中で！　誰かに助けを求めればよかったの⁉　天下で最も尊い存在になぶられていると、清廉潔白な太監長に脅されていると、架空と思われている『鳥』に一族の命を狙われていると、誰に訴えれば⁉」

その激しさに、息を呑《の》む。

珠麗でさえ、圧倒されて口をつぐんだ。

楼蘭のきつく握りしめた拳《こぶし》は、小刻みに震えていた。

「家族さえわたくしを救えなかったのです！　いいえ、それどころか、救いを求めたからこそ、わたくしは一族の命を危機にさらした。夜ごと、暴虐になった陛下に首を絞められようが、虫を這《は》わされようが、針を突き刺されようが、黙って耐えるしかなかった！　一人で、戦うしかなかった……！」

おぞましい告白に、一同が顔色を失《な》くす。

手紙を拾い上げた蓉蓉は、その文面に目を通し、喉《のど》を震わせた。

「お兄様……。これは、……これは、あまりにも……」

「階位を上がれば、伽《とぎ》を断りやすくなる。流産すれば一年は召されずに済む。生きるためにそうして、なにが悪いのです⁉　そう、殿下とて、保身のために彼女を見捨てたのではありませんか！」

鋭く叫び、楼蘭は自誠を睨《にら》みつけた。

「白豚妃《しろぶたひ》様が冤罪《えんざい》にかけられたとき、殿下が正体を明かしてその強権を揮《ふる》えば、無罪放免とすることもできたはず。けれど殿下はそうしなかった。ほかの女と同様、いやらしく媚《こ》びてきたから？　それもあるでしょう。けれど本当は、潜伏をまだ続けたかったからですわ！」

「……やめてくれ」

自誠が唸《うな》るような声を上げる。それでも楼蘭はやめなかった。

「ふふ、わたくしが卑劣な悪女なら、殿下はどうなのです？　善良な彼女……友人《わたくし》の忠言を鵜呑《うの》みにして、勇気を振り絞って救いを求めた白豚妃様を、冷ややかに見捨てた。残酷にも、その額に焼き印を入れ、花街に追いやったのですわ！」

「……焼き印は胸元に変えさせた。少しでも、生き延びられるようにだ」

「同じことですわ！　結局彼女は死んだ！　殿下が殺したのです！」

「祥嬪！」

自誠は、吼《ほ》えるようにして楼蘭の名を呼んだ。

いつも余裕の微笑みが浮かんでいるはずの美貌《びぼう》が、今や、強張《こわば》っていた。

「それ以上、言わないでくれ」

「あらまあ。罪の意識にさいなまれていらっしゃいますの？　誰にも心を許さぬと評判の、冷酷なあなた様が、珍しいこと！」

低く押し殺した自誠の声にも、楼蘭は引かない。

自誠の目が一層剣呑《けんのん》に細められ――するとそこで、不思議なことが起こった。

ふいに太陽に雲がかかり、あたりが薄暗くなったのである。

まるで、荒ぶる皇太子の心に天が寄り添ったかのような光景に、周囲は不安げに空を見上げた。

皇族は、天の申し子。天華国の民なら誰もが抱くその認識が、強い恐怖を連れてきたのだ。

(えーっと、えーっと、えーっと……!)

珠麗もまた、動揺する者の一人だった。

美形二人のすごみ合いは、なんというか迫力が違う。すっかり気圧《けお》されてしまい、脱出云々《うんぬん》も忘れて、非難合戦を追いかけることしかできていなかった。

(なんか暗雲まで立ち込めて、すごい修羅場感なんですけど! しかもこれ、私をめぐって言い争っている……っていうことで、合っているのよね?)

本人、生きてますけど。

真っ先に浮かぶ感想はそれだが、二人の醸し出す深刻さと温度差がありすぎて、ちょっと言い出せない。

(え? え? ちょっと待って、これってもしかして、濡《ぬ》れ衣《ぎぬ》晴れちゃった感じ? 正体ばれても、もう処刑されない感じ? いや、でも経緯はどうあれ、追放された人間が後宮に戻るのって重罪だから、法規的にやっぱりだめ? どっち?)

なにしろ、有力人物の執り成しがあれば毒殺未遂も追放で済み、盗難のような軽犯罪でも、対象が贄《にえ》であれば処刑になる、複雑怪奇な後宮法だ。

まだ状況は見極められぬと思い、珠麗はどきどきしながら応酬を見守った。周囲の音声が消え失《う》せるほどに、二人を凝視する。

眉根《まゆね》を寄せる自誡の前で、楼蘭は泣き笑いするような表情を浮かべ、叫んでいた。

「そうよ、わたくしは罪を犯した。この後宮で唯一善良だった女性を、自分のために陥れた。けれど、それはこの場にいる皆も同罪ですわ！」

震える指先で、彼女は観衆を一人一人指さしてみせる。

「庇護《ひご》されておきながら、主《あるじ》を信じ切れなかった女官も！　心のよりどころにしておきながら、累が及ぶのを恐れて見捨てた妃嬪も！　気に入っておきながら、誤解のすえ蔑《さげす》んで、手を下した殿下も！」

そして、と、楼蘭は血を吐くような声で断じた。

「わたくしたちの誰も、もう二度と、彼女を取り戻すことはできない！」

白い頰を、すうっと透明な雫《しずく》が滑り落ちてゆく。状況も忘れて、珠麗はその涙に見惚《みほ》れた。まったくなんて、天女のように美しい涙を流すのだろうと、しみじみ思った。

――だが、しみじみしている場合ではなかったのだ。

「……珠珠様」

そのとき、女官の夏蓮がかすれ声で珠麗に囁《ささや》きかけたのは、これ以上黙っていることが耐えがたかったからだ。自責の念に押しつぶされそうで、だから彼女は、目の前の主に尽くすことで、なんとか息苦しさから逃れようとした。

行きがかり上、すっかり看護も中断されてしまっていたが、主は毒を受けたうえ、胸元からも出血しているようなのだから。

「今は、事態の追及よりも、お手当てを。胸元からも――」

楼蘭たちのやり取りに全神経を集中させた結果、不如意になっていた珠麗の両手。

それがずっと握り合わせていた身頃は、夏蓮が裾《すそ》を引っ張れば、するりと抵抗なく緩んだ。

その下から現れ、夏蓮の目を惹《ひ》きつけたのは、

「出血、が……」

痛ましい傷よりも――引き攣《つ》れた、火傷《やけど》の痕《あと》。

「え……？」

そこだけ色の変わった皮膚には、「非」という文字が刻まれているように見えた。

人に非《あら》ず。罪人であることを示す、文字。

「なぜ、罪人の焼き印が!?」

「あ……っ！」

気付いた珠麗は、ぱっと身頃を合わせたが、もう遅かった。

驚いた夏蓮が、素早く叫んでしまったのだから。

「ちょっ、あ、あーっ！」

まずい。致命的だ。珠麗は青褪《あおざ》めながら勢いよく夏蓮の口を塞《ふさ》いだものの、それで事態をなかったことにできるはずもない。

「焼き印？」

「胸元に、焼き印ですって？」

貴人たちと蓉蓉は一斉に顔を上げ、礼央は無言で天を仰ぎ、そして楼蘭と自誠は、大きく息を呑んだまま、珠麗を振り返った。

「あ、はは……」

きつく身頃を合わせ、ぎこちない笑みを浮かべている女。後宮でもめったに見かけないほどの色白の美女であったが――そう、それほどに白い柔肌《やわはだ》を持つ女を、自分たちはもう一人、知っているのではなかったか。

「ち、違うんですよ、これは、ええと……、生まれつきの、痣《あざ》っていうか」

嘘《うそ》が下手な女。すぐに感情が顔に出てしまう、素直な女。

そのくせ、ときどき周囲が驚くほど頑固で、向こう見ずになる。

「ほ、ほら！　皆さん、重大なお話し合いをしていたじゃないですか！　今、恐ろしい陰謀のほうを追及すべき局面じゃないですか。私のことはどうぞ捨て置いて、お話の続きをしてください！　話の腰を折ってすみませんでした！」

あっさりと朱砂の毒を見破ってみせた彼女。やけに花街の事情に通じていた――。

「もしや……」

夏蓮が、唇を震わせた。

夜空のような瞳《ひとみ》いっぱいに涙を溜《た》め、目の前の主を見つめている。

もしや――いつも夏蓮を導き、守ってくれる、かけがえのない彼女は。

「信じられない……」

貴人たちが、蓉蓉が、愕然《がくぜん》として呟《つぶや》く。

彼女たちは大きく目を見開くと、じわじわと、興奮で頬を赤らめていった。

「こんなことって……」

楼蘭もまた、手で口を覆い。

自誠は雷に打たれたように立ちすくみ。

そうして、その場にいた者たちは、祈るような声で彼女の名を叫んだ。

「恵嬪《けいひん》・珠麗――！」

誰もが硬直する中、最初に地を蹴《け》ったのは、驚くべきことに、自誠だった。

彼は扮装《ふんそう》であるはずの武官装束に恥じぬ速さで珠麗のもとへ駆けつけると、勢いよく彼女に手を伸ばした。

「ひえ……っ！」

焼き印を検《あらた》める気だ――！

珠麗は咄嗟《とっさ》にびくりと肩を揺らし、胸元を庇《かば》う。

なにしろここ最近ずっと、正体がばれたら処刑されてしまうと怯《おび》えて過ごしてきたのだ。

濡れ衣が晴れたと理解はしても、後宮の人間に迫って来られると、本能的な恐怖が先立った。

「や、やめて！　無理無理無理！」

伸ばされた腕が触れるまで、あと少し。

「後生だから見ないで……って、え……？」

きつく身頃を合わせ、ぎゅっと目をつぶった珠麗だったが、いつまで経《た》っても衣が剝《む》かれる気配がないので、ゆっくりと薄目を開いた。

自誠の手は、珠麗の二の腕を摑《つか》んでいた。

そうして、呆然《ぼうぜん》とした表情で、こちらを覗《のぞ》き込んでいた。

「恵嬪・珠麗……」

傍らの礼央が、不敬にも自誠の首元に短刀を突きつけていたが、それすらも視界に入っていないようである。

やがて礼央は、鼻白んだように溜息《ためいき》をついて刀を引いたが、その間も、自誠は食い入るように珠麗のことを見つめていた。

「君、だったのか……」

完璧《かんぺき》な形をした目が、何度も何度も珠麗の姿をなぞる。

恐る恐る、といった様子で手が伸ばされ、頬に触れたとき、思わず珠麗はびくりと肩を揺らした。

「ひっ」

「すまない」

まるで、唇からこぼれてしまったとでも言うように、謝罪の言葉が響く。

「……すまなかった」

この男には珍しく、ひどく朴訥《ぼくとつ》とした声であるような気がして、珠麗はどぎまぎとした。

今のは、単純に、断りなく頬に触れたことへの詫《わ》び、であったのだろうか。

「え……ええと、ち、違うんです。私は、珠麗とかいう人ではなくて、そっくりさん――」

「いいや、宝《ほう》珠麗だ」

往生際悪く反論しようとしたが、自誠はきっぱりとそれを遮った。

のみならず、自誠は、珠麗の存在を確かめるように、ぐいと顔を持ち上げた。

「焼き印など検めずとも、わかる。気付かないほうが、どうかしていた。顔も、声も違うが……こんな無謀で、風変わりで、突拍子もないことばかりをしでかす女性なんて、君しかいない」

「そ、そんな納得の仕方って……！」

珠麗が半泣きになっていると、傍らの礼央が不機嫌そうに言い添えた。

「僭越《せんえつ》ながら、殿下。そんな、骨付き肉をちらつかされた獣のような形相で迫られても、女性は怯えるだけです。危害を加えるつもりでないなら、粘着質に頬に触れているその御手を、さっさと離されるべきかと」

形ばかり敬語だが、まるで敬意が籠《こ》もっていない。

「誰が獣だと？」

「鏡がお入り用で？」

「べつに粘着質に触れてなどいない」

「ならとっととお離しやがりになられては。この怯え顔が目に入りませんか」

自誠と礼央は、冷え冷えとした表情で応酬を交わしたが、やがて自誠は、ずっと珠麗の頬を撫《な》でていた己の手を不思議そうに見下ろしながら、拘束を解いた。

「もちろん。怯えさせるのは本意ではない」

「あの……」

珠麗は心臓をばくばくさせながら、口を開いた。

今、皇太子は、怯えさせるのは本意ではないと言った。

それはつまり。

「わ、私、……もう、処刑されない、っていうことで、いいですかね……？」

「なんだって？」

「追放されたのに戻ってきてしまったじゃないですか。そのことで、そのう、斬首《ざんしゅ》とか、そういうことは、ない……です、よね？」

おっかなびっくり確認すると、自誡は信じられないとばかりに珠麗の肩を揺さぶった。

「当然だろう！」

なぜだろうか。普段は静かに話す人なのに、珠麗の前だと彼は声を荒らげることが多い気がする。

（でも、よかった……！　私、もう、無事なんだ……！）

珠麗は、心臓を摑んでいた見えない手が、一気に緩んだような心地を覚えた。

全身の力が抜けそうだが、思い切って質問を重ねてみる。

「あ、あのっ、ついでに、正体を知られたくないばかりに、偽名を使ったり、嘘もいろいろついたりしたんですが、そのあたり、妃嬪《ひひん》様方や、蓉蓉や夏蓮におかれても、ご容赦いただけますかね……っ？」

「当たり前ではございませんか！」

女たちへと振りむけば、こちらも力強い肯定が返った。

「あ……っ、当たり前では、ございませんか……っ」

いや、夏蓮に至っては、ぼろぼろと大粒の涙をこぼしていた。

「珠麗、様……！」

「わああ！　ちょっともう、泣かないでよ！」

夏蓮はしゃくりあげるし、妃嬪たちは涙ぐんでいるし、自誠は肩を摑んでくるし、ついでに周囲に残った太監たちもおずおずと叩頭《こうとう》してくるしで、もう大騒動である。根が小心者の珠麗は、大量に冷や汗を浮かべた。

礼央だけが、この騒ぎをつまらなそうに横目で流し、肩に降りてきた小黒《しょうこく》を撫でているが、そんな余裕があるなら、この誰もかれもが取り乱した状況をどうにかしてほしいと珠麗は思った。

いや――。

その中でたった一人、凍り付いたように、立ち尽くしている者がいる。

「…………」

目を見開き、いつまでも動かないその人は、楼蘭であった。

ふと顔を巡らせた珠麗と視線が合うと、彼女は動揺したように小さく肩を揺らす。

可憐《かれん》な唇を開きかけ、でもまた閉じて。

結局なにも言えないでいるその姿が、かえって、彼女の受けた衝撃の強さと、葛藤《かっとう》の深さを思わせた。

いつでも穏やかに微笑《ほほえ》んでいた楼蘭。

けれどその内側に、悲鳴と怨嗟《えんさ》とを隠し持っていた彼女。

だからこそ、わかる。

今、無言で佇《たたず》んでいるその内側では、感情の波が荒れ狂っているのだと。

互いに黙って見つめ合っていると、それに気付いた周囲が徐々に涙ぐむのをやめ、やがて、その場はしんと静まり返る。

その頃には自誠も抱擁を解き、楼蘭を振り返った。

「……自刃《じじん》を」

長い沈黙の後、楼蘭が切り出したのは、そんな言葉だった。

「許可してくださるなら、そういたしますわ」

声はか細く、淡々としている。

瞳は凪《な》ぎ、心の内をまるで読み取らせなかった。

「だからどうか、家族はお許しを。咎《とが》はわたくしだけに負わせてくださいませ。すべて、わたくし一人が企《たくら》み、実行したことです」

静かな主張を聞き取ると、自誠は再び、珠麗に向き直った。

「後宮法に照らすなら、讒言《ざんげん》でほかの妃嬪を陥れた者には、自害が妥当だ。ただし、偽った内容は陛下に関わるものであるため、さらに重刑を科すこともできる。もしそれで君の気が晴れるなら、判断は君に任せるよ。心苦しいなら、もちろん僕がする」

　破格の申し出である。

　だが、突然人命を握らされた珠麗は動揺した。

　縋《すが》るように礼央を見るが、肩を竦《すく》められて終わる。

　彼からすれば、見知らぬ女の命などどうでもよいのだろう。いや、どちらかといえば、仲間の珠麗に肩入れしているのか。

　彼が唇の動きだけで付け加えた返事は、「殺せば？」だった。

　気づまりな沈黙が続く。

　珠麗は、無言で佇む楼蘭のことを、じっと見つめた。

　いつも穏やかで、家族思いで。

　頭がよく、微笑みが天女のように美しい、自慢の友人だった女のことを。

「四年前……なぜ、私を陥れたの？」

　気付けば、問いはぽろりと口から零《こぼ》れ落ちていた。

　楼蘭はそれを聞いて目を瞠《みは》ると、ついで、くっと歪《ゆが》んだ笑みを浮かべた。

「決まっていますわ。あなたが嫌いだったからです。無才で、だらしなくて。そのくせ、ひとり能天気に、のびのびと過ごしている様子が、ひどく苛立《いらだ》たしかった」

吐き捨てるような告白は、まさに悪女にふさわしい内容だった。

「わたくしたちは、同じ日に入内《じゅだい》したのに、わたくしは貴人で、あなたは嬪だった。わたくしは努力して身に付けた教養が仇《あだ》となって、陛下に目を付けられたのに、あなたはだらしなさが幸いして平和な日々を過ごしていた。わたくしは、家族にも真実をつぐみ、女官も遠ざけ、陛下の仕打ちにも、妃嬪たちの嫌がらせにも一人で耐えていたのに――」

それが最も許せない、とばかりに、楼蘭は声を荒らげた。

「あなたは、いつも人に囲まれ、無邪気に人を信じきっていた！　昔も、今もよ！」

「そこじゃない！」

だが、珠麗はぎっとまなじりを吊《つ》り上げると、それ以上の音量で叫び返した。

「そんなこと聞いちゃいないわよ！　なんで『私を』じゃなくて、なんで『陥れたの』って、そこを聞いてんのよ！」

怒鳴りつけられると、楼蘭は一瞬、戸惑ったように瞳《ひとみ》を揺らした。

「え……？」

「べつに私、皆が言うほど無邪気な人間じゃないわ。あんたに陥れられたんだって確信するのに三年もかかって、周りからはさんざん馬鹿にされたけど、あんたが怪しいってことくらい、焼き印を押されたその日には、もうわかってたわよ」

珠麗はその場に立ち上がり、正面から楼蘭を睨《にら》み付ける。

脳裏に、あの四年前の出来事が、息苦しいほど鮮やかによみがえっていた。

「なのに、なんで私が、あんたが犯人だと確信できなかったかわかる？　それはね、あんたの吐いた血が、本物だったからよ。胃液と混ざって、生温《なまぬる》くて、変な匂いがした。ぐっしょりと汗を掻《か》いて、手足はがくがく震えて……あれは演技なんかじゃなかった。あんたはたしかに、毒を飲んだのよ」

珠麗にはそれが不思議だった。楼蘭の症状は劇的で、一歩間違えば本当に命を落としてしまうだろうことは明らかだった。ただ相手を陥れたいがために、そこまでの危険を人は冒すだろうか。たかだか女一人を追放するために、自分の命を懸けるだろうか。

「あんたは死にかけてでも、なにかを得ようとしていた。なにかとは、なに？　私の死？　いいえ、そのままにしておけば、私は斬首されるはずだったのに、あんたは命乞《いのちご》いまでして、殺させはしなかった。あんたの考えが、四年前の私にはさっぱりわからなかった！」

おそらく楼蘭は、本当に流産したのだ。いや、お腹《なか》の中に子がいたかどうかは、彼女にしかわからないが、少なくとも、自身を死の淵《ふち》に立たせてまで、楼蘭はことを仕掛けた。

その必死さが、珠麗を混乱させた。

「でも……今は、あんたがなにを求めて戦っていたのか、知ってる。……ううん、求めたんじゃない。あんたは、死に物狂いで逃げ出そうとしていたのよ。たった一人で、悲鳴を飲み込みながら。だからこそ、私は思わずにいられない」

目の前の楼蘭は震えている。

繊細で華奢《きゃしゃ》な体、ほっそりとした手。それをきつく握りしめ、相変わらず一人で佇んでいる彼女を見て、なんだか珠麗は泣き出したくなった。

「なんで、私を陥れたの？　どうして頼ってくれなかったのよ。あんたが犯した最大の過ちは、私に縋りつく代わりに、濡《ぬ》れ衣《ぎぬ》なんかを着せてみせたことよ！」

「……は」

まるで息を吐くように、楼蘭が泣き笑いを浮かべた。

「あなたを、頼れと……？　家族すら、わたくしを、救えなかったのに……？」

「そこで諦《あきら》めるからいけないのよ！　頼る相手を間違えたなら、ほかの相手を頼ればいいでしょ!?　少なくとも当時の私なら、あの巨体で陛下を二、三発殴ってやったし、袁氏を闇討ちしてあげたわよ！」

つられて、珠麗まで涙ぐんでしまった。

「それくらいには、あんたのこと、好きだったわよ……っ！」

「…………っ」

ぼろりと、先に涙をこぼしたのは、楼蘭だった。

彼女は何度も唇を引き結び、嗚咽《おえつ》を堪《こら》えようとしたが、そのたびに失敗し、まるで子どものように泣きじゃくった。

彼女にとって、涙とは武器。こんなふうに、制御もなしに零れていいものではない。

そんな失態を許したのは、今と、四年前のあのときだけだった。

珠麗が太監たちに連れ去られ、牢《ろう》に残った蠟燭《ろうそく》をぼんやりと見つめていた、あのとき。

後宮で唯一温かだった「友人」の今後に、楼蘭は思いをはせたものだった。

これから彼女は、焼き鏝《ごて》を当てられるのだろうか。自分のように。

痛みに呻《うめ》き、けれどその傷に労《いたわ》りを得ることなど叶《かな》わず、怯《おび》えて過ごす。

男の汚らわしい欲に苦しめられ、清らかな魂の一切を失って、深く深く、冷えた闇の底に沈んでゆく。

『……汚らわしいこと』

独白も、皮肉の笑みも、本当は自分に向けたものだった。

歪んだ唇の横を、たったひと筋、涙がこぼれていったことは、楼蘭だけしか知らない秘密だったのに――。

今、自分を取り繕うことなど忘れ、楼蘭は心のままに泣いた。

「なにも、できない、白豚妃の、くせに……。で、……でき、も、しない、ことを……っ、よく、言います、わ……っ」

「できるできないじゃない。こういうのはもう、気合いの問題よ」

珠麗も、鼻を鳴らして言い返す。

彼女とて、実際に皇帝を殴りにいけたかはわからない。

けれど、四年前も今も、楼蘭に必要だったのは、きっと手を差し伸べられることだったのだと思った。

ともにあると。

力になると、示されること。

そうすれば少しだけ心が落ち着いて、もっといい策が浮かんだかもしれない。楼蘭にはよく回る知恵があったし、珠麗には度胸があったのだから。一途《いちず》な女官も、控えめとはいえ好意的な妃嬪《ひひん》仲間も、有能な武官の知り合いもいたのだから。

ふうっと息を吐き出し、涙の余韻を散らす。

横で静かにやり取りを見守っている自誠に視線を向けると、珠麗はこう切り出した。

「皇太子殿下。祥嬪・楼蘭の処遇について、お願いしたいことがございます」

「なんなりと聞こう」

「この大馬鹿者に、自刃なんて高貴な死に方を許したのでは、私の怒りが収まりません。彼女には、ぜひ生き恥を晒《さら》してもらいたいと思います」

ついで楼蘭に向き直り、具体的には、と続けた。

「彼女を、花街へと追放してください。私がかつて追放されたのと、同じ妓楼《ぎろう》にです」

驚きに息を呑《の》む楼蘭の視線を、真正面から受け止める。

もう一人で、寒々しく立ってんじゃないわよ、と思った。

「花街とは独特の王国。幾重にも囲いに覆われ、ときに国の法すら届かない。厳重な檻《おり》の中で、残りの人生を過ごすといいのです」

花街の女は、何重もの塀と用心棒に守られ、外部からはけっして傷付けられることがない。その中でなら、もう「烏《からす》」にも、皇帝の威光にも怯えずに、過ごせるだろう。

「楼主は厳しく、焼き印を押された女など、妓女《ぎじょ》として遇したりなんかしません。彼女はすでに、背中に鏝《こて》を当てられているようだから、客を取らせることもないでしょう。花街女のくせに、男に抱いてももらえず、一生下働き。ざまあみろです」

意図を正確に理解した楼蘭が、鼻の先を赤くする。

信じられない、とばかりに首を振った彼女に、珠麗は祈った。

誰にも心を許さず、たった一人で戦ってきた楼蘭。

どうか彼女にも、頼れる仲間があってほしいと。

「花街は厳格な序列社会ですからね。上は下を絶対庇護《ひご》、下は上に絶対服従。息苦しいほど濃厚な人間関係に、せいぜい悩まされればいいのです。かように過酷な刑を彼女には科すので、その家族には、これ以上の罰は望みません」

花街の女は、身内を絶対見放さない。激しい派閥争いもあるが、上級妓女から下働きさまで、一蓮托生《いちれんたくしょう》となって、互いの心を預け合うのだ。

そこで楼蘭も、今度こそ、心から信じられる相手に出会えればいいと、そう願った。

遠慮なく、縋れる相手に。

「珠麗、様……」

震える声で、楼蘭が名を呼ぶ。

白豚妃ではなく、珠麗の名を。

それはもう、四年ぶりのことだった。

ひっく、と喉《のど》を鳴らしてから、彼女は、か細い声で続けた。

「ありがとう、ございます……。そして、……本当に」

後から後から頰に流れる涙のせいで、天女のような美貌《びぼう》はぐしゃぐしゃだった。

「本当に、申し訳、ございませんでした……っ」

「……私も」

珠麗は思い切って、彼女に腕を伸ばしてみる。

以前、誰もかれも善良だと信じて疑わなかったあのころ、自分はしょっちゅう、こうして誰かに抱き着いていたものだったっけ。

きゅ、と肩に腕を回してみると、楼蘭の体は、記憶以上にほっそりとして、頼りなかった。

まるで、とびきり美しくて、儚《はかな》い、霞《かすみ》のように。
「必要なときに気付けなくて、ごめんなさい」
四年前、自分は愚かで、無頓着《むとんちゃく》で、大切な友人の苦悩にすら気付かなかった。
そしてそれが引き起こした事態は、もう二度と取り返すことなどできない。
けれど願わくば、今度こそ。
彼女には幸せになってほしいと――そう思った。

エピローグ

清明節《せいめいせつ》の日のことである。

明け方まではしとしとと春雨《はるさめ》が降っていたが、昼にはそれも止《や》み、まさに清く明るい春風が、天華国《てんかこく》の隅々にまで吹き渡った。

人々は扉を柳の枝で飾り、めったに家の外に出られぬ女たちも、この日ばかりは針仕事の手を休め、先祖の供養や山遊びへと出かける。それは、籠《かご》の鳥と言われる妃嬪たちですら例外でなく、日頃ぴたりと閉じた後宮の門も今日を限りに開き、豪奢《ごうしゃ》な籠に乗った妃嬪たちが、時折女官を伴って、外出する姿が見かけられた。

厳重に守られた妃嬪はともかく、例年であれば、女官の中にはふらりと姿を消してしまう者も多い。

そのため、門付近の査問はこわもての番人が受け持ち、門前市にも脱走者を捕獲して褒賞を得ようとする輩《やから》が多く待機するのが常であったが、今年ばかりは勝手が違った。

なぜなら、後宮の抜本的な粛正に伴い、後宮退出を願った女官はすべて、年季終了とすることを許されていたからである。

このお触れのもと、能力の足りぬ者や、違法に集められた娘たちは、続々と後宮を離れつつあった。

今こうして節句の儀にまぎれて後宮を抜け出す女がいても、無罪放免とされることは明らかだったので、誰も手出しはしなかったのだ。

皇太子であった自誠《じせい》が即位してから、すでに三月。

前帝から穏やかに治世を引き継いだ若き皇帝は、皇太子時代の評判を裏切るかのように、次々と大胆な政策を推し進め、民の信望を集めている。

その彼が真っ先に下した命こそ、肥大しきった後宮の改革であった。

まずは、不正な手段で権力を掌握し、後宮の腐敗を進めていた太監長《たいかんちょう》を処刑。

彼に与《くみ》していた、または品性の卑しい妃嬪については、ある者は追放し、またある者は女官へと階位を落とした。

同時に、犯罪者である太監長が司《つかさど》っていた揺籃《ようらん》の儀は、公平性が望めないとして中止。

前帝の妃嬪たちには一律「太嬪《たいひん》」の称号を与えて出家を勧め、残留を望む者については、皆貴人《きじん》扱いとしてそれを許した。

治世が落ち着き次第、秀女選抜《きさきえらび》に相当する儀式を設けるので、それまでの暫定的な処置ということである。

つまり、現皇帝には、公式な妻がいない。

まれに見る美男子で、こんなにも有能な皇帝は、いったいどんな皇后を娶《めと》るつもりかと、人々は夢中になって噂《うわさ》し合っていた。

さて、そんなわけで、まったくやる気のない門番は、後宮からの外出者に形ばかりの質問を向けるばかりで、とある人物を乗せた二台連れの籠も、さして注意を引くこともなく、するりと後宮の門をくぐり抜けた。

だが、もし門番がその中に座る人物の正体を理解していたなら、きっと泡を食ってその場で叩頭《こうとう》していただろう。

二台の籠は清明節でにぎわう門前市をゆるゆると進み、人気《ひとけ》のない川べりまで出ると、ようやく止まった。

やがて籠の中から、次々と乗客が降りてくる。

後ろの籠から降りてきたのは、今や後宮の中で独特の存在感を示すようになった三貴人。すなわち、純貴人《じゅんきじん》・静雅《せいが》と明貴人《めいきじん》・紅香《こうか》、そして恭貴人《きょうきじん》・嘉玉《かぎょく》。

前の籠から降りてきたのは、町民に扮《ふん》してなお、高貴な雰囲気を隠しきれないでいる男一人と、麗しい女性二人。

皇帝となった自誠、公主《こうしゅ》・麗蓉《れいよう》、そして――宝《ほう》珠麗《じゅれい》であった。

籠を降りる珠麗に、すぐさま、傍《そば》を歩いていた夏蓮《かれん》が手を差しのべる。

地味な衣装に身をやつした珠麗は、久々に感じる町の空気に、そっと目を細めた。

彼女がこうして後宮を出るのも、三月ぶりのことであった。

「君を外の世界に戻すのに、こんなに時間が掛かってしまって、すまなかったね」

風を浴びる珠麗に、自誠がそっと話しかける。

皇帝の崩御に、即位、謀反人の処理に、緘口令《かんこう》の徹底。

先の陰謀の影響はあまりに大きく、有能な自誠をもってしても、「後宮から出ていきたい」という珠麗の願いを叶《かな》えるのに、これだけの時間が掛かってしまった。

だが、それを後宮に留《とど》まりながら、ともに直視していた珠麗は、ばつが悪そうに肩を竦《すく》めるだけだった。

「それはだって、『烏』に攫《さら》わせるのではなく、きちんと見送りたいと言ってこうしてくれたのだから、仕方ないわ。さすがに、そのくらいは理解しているつもりよ」

そう。事件が一段落した後、珠麗が「このまま自分のことも追い払ってほしい」と申し出たとき、自誠や麗蓉は、せめて礼を尽くして見送らせてくれと、熱心に説得してきたのだ。

このまま後宮からただ姿を消したのでは、経緯はうやむやになり、珠麗の名誉は回復しない。必ず、濡《ぬ》れ衣《ぎぬ》で焼き印を許してしまったことに対しての謝罪を記録に残し、妃嬪としての宝珠麗の籍を回復させるので、少し時間が欲しいと。

「貧民窟《ひんみんくつ》の仲間――礼央《りおう》も、『烏』の後継問題でてんやわんやで、しばらく身動きが取れなかったんだもの。ちょうどよかったんだわ」

「そう言ってもらえると、少しはほっとするが」

自誠は優しく微笑《ほほえ》み、それから笑みを、苦いものに変えた。

「彼は、皇帝に対する忠誠の暗示を掛けないということを、後継の条件にしているようだね。先代との折り合いがなかなかつかないのは、そのせいのようだ」

「でも、暗示を許したら、きっと同じことを繰り返すんだと思うわ」

「そうだね。僕も、もうこんな過ちを繰り返すなんてごめんだ。皇帝の傍には、それを諫《いさ》められる臣下がいるべきだと思うよ。次代『烏』は僕の見極めに時間をかけていいし、僕が道を違えたなら、そのときは差し違えてでも諫めてくれればいい」

かなり過激な発言であるはずなのに、自誠の口調は、どこまでも穏やかだ。

その立ち姿には、早くも皇帝としての風格が滲《にじ》み、見る者を圧倒した。

かつて、濡れ衣を看過し、珠麗の焼き印を許した、忌むべき男。

けれど、だからこそ、彼は二度と同じ過ちを繰り返さぬよう、厳しく己を戒めている。

彼が自分を豚と罵《ののし》ったのも、せめて焼き印の位置を変えさせるためだったと理解した今となっては、強く恨むことも、なかなかに難しかった。

「やあ、噂をすれば影とはこのことだ。君の『烏』がやってきたね」

と、空気を変えるように、珠麗の背後に視線を飛ばした自誠が、そう呟《つぶや》く。

振り返ってみれば、門前市から伸びる人込みからするりと、二人の男の影が近付いてくるのが見えた。

礼央に、おそらく付き添いの宇航《うこう》だ。小黒《しょうこく》は餌でも見つけたのか、肩から自由に飛び立ったところだった。

清明節の、正午。

約束通りの刻限だ。

礼央たちの手を取れば、珠麗はとうとうこの後宮を離れ、玄岸州《げんがんしゅう》へと帰ることになる。

二人に向かって大きく手を振った珠麗に、背後から麗蓉が呼びかけた。

「本当に、行ってしまうんですの？」

その声は、傷心に掠《かす》れている。

向き直ってみれば、彼女はその優しいたれ目に、うっすらと涙を滲ませていた。

「珠珠《じゅじゅ》さん……いえ、珠麗様。わたくし、あなたに会えて、本当に嬉《うれ》しかったのに。本当の本当に、嬉しかったのに。わたくしたちを置いて、行ってしまわれるんですの？」

麗蓉と会ったのは、後宮に舞い戻ってきた後のことだ。過去の因縁を知らぬ彼女からすれば、頑《かたく》なに後宮を去ろうとする珠麗は、不思議にも、冷酷にも見えるのだろう。

きゅ、と袖《そで》を摑《つか》んでくる彼女の視線に、胸が軋《きし》むようで、珠麗は口元を歪《ゆが》めた。

なにせ数年とはいえ貧民窟暮らしの身の上、睨《にら》まれるのなんて、へっちゃらだ。だが、自分より年下の少女に、涙ながらに迫られると、どうしていいのかわからなくなってしまう。

「う、うん……。だって、焼き印入りの私なんて後宮に残っていても、お互い不幸にしかならないでしょ。知ってほしい人には、もう無実を知ってもらえたんだし、だとすれば、もう私に思い残すことなんてなにもないわ」

もごもごと告げると、麗蓉たちの後ろに控えていた三貴人たちも、揃《そろ》って身を乗り出した。

「もし珠麗様の焼き印を見下す輩がいたら、わたくしが、引っぱたいてやるわよ！」

最初に、頬を赤く染めて主張したのは、意地っ張りの紅香だった。

「だから……わたくしたちと一緒に残っていたって、いいじゃないの……」

だが言葉尻《ことばじり》は、早くもしょんぼりと涙声になっている。

その背をさすりながら、嘉玉もおずおずと言い添えた。

「かつて珠麗様を見捨てたわたくしたちのことを許せないのは、その通りだと思います。けれど、わたくしたちに、償いの機会も与えてくださらないのですか？」

小動物のような瞳《ひとみ》には、やはりうっすらと涙の膜が張っている。

懐に入れた相手の涙がなにより苦手な珠麗は、思わず逃げ腰になった。

こんなの、豚の遺骸《いがい》相手に格闘したほうが百倍気楽だ。

「そ、そうじゃないわよ。私はもとから、あんたたちのことを、これっぽっちも恨んでないんだから。償いの必要が、そもそもないだけ！」

しどろもどろに告げた珠麗に、今度は静雅が「ならば」と眉《まゆ》を寄せた。

「すでに水に流したと言うのなら、なおさら後宮にいてくださってもよいのではないですか。外の世界は自由……けれど、貧困も理不尽も溢《あふ》れている。かつてあなた様を見放してしまったからこそ、わたくしは、あなた様の苦しむ姿など、二度と見たくないのです」

その表情には、真摯《しんし》さだけが溢れている。

彼女の父親は高潔で知られた学者だったが、貧しさゆえに薬も買えず亡くなったと聞く。きっと、精神の自由よりも、健康や安全のほうがよほど重要だと、静雅は考えているのだろう。

「う、う……。いや、その、お気持ちは、すごくありがたいんだけど」

それぞれに言い募られて、珠麗も半泣きになった。

ああ、剝《む》き出しの敵意なんかよりも、涙を伴った善意のほうがよほど厄介だ。

前者はただ払いのければいいが、後者に対してそれをすると、自分がとんでもない悪人になった気がしてしまう。

(でも、やっぱり、私の住む世界は後宮《ここ》ではないと、思うんだもの)

うんうん唸《うな》りながら、それでも、珠麗は心の中でそう思い直した。

実際のところ、今の後宮の居心地は、けして悪くないのだ。

気心の知れた女官がいて、仲のよい友人がいて、美貌《びぼう》と権力を持った男が丁重に接してくれる。

けれど、それでも珠麗は、草木の陰に、建物と建物のあわいに生じる暗がりに、なんとも言えない闇を感じ取ってしまい、それがいやだった。

楼蘭《ろうらん》の飲み込んだ悲鳴、数多《あまた》の女たちの涙、怨嗟《えんさ》の眼差《まなざ》し。そうしたものが、じっと横たわっている気がして。

後宮は美しい。

建物は荘厳な造りで、行き交う人々は皆天界人のようで、寒さとも貧しさとも無縁だ。

けれど、あかぎれもせず、爪も丸く整った自分の指先を見ていると、珠麗は恍惚《こうこつ》よりも、違和感ばかりを覚える。

この四年で、彼女の魂はすっかり、外の世界に染まってしまったのだから。

このまま後宮に残っていたら、せっかく定まってきた自分の芯《しん》が溶けて、また、ふわふわの霞《かすみ》のような自分になってしまいそうで、それも恐ろしかった。

(わがまま、なのかな)

これだけ誠意を尽くされても人を許さないのは、頑なに過ぎるのかと、珠麗はときどき不安に駆られることがある。

表情を曇らせた珠麗になにを思ったのか、そのときふと、自誠が「まあ」と切り出した。

「すぐにでも許してほしい、笑顔でそばにいてほしいと願うのは、こちらの傲慢《ごうまん》だ。花街と貧民窟――君が辛酸を嘗《な》めた四年ぶんはせめて、僕たちもこの苦しみに耐えてしかるべきだろう」

その麗しい顔には、苦い笑みが浮かんでいる。

彼は一歩珠麗に近付き、優雅にその手を取った。

「僕は、君への償いとしてこれからの四年を過ごすよ。先帝陛下の暴虐と、『烏《からす》』の自浄力不足で揺らいだ国と後宮を、この四年で必ず立て直す。その暁には、次代の『烏』とも――」

そうして、振り払うことも許さぬ滑らかな仕草で、珠麗の腕をぐいと引き、耳元に囁《ささや》いた。

「戻っておいで」

「…………！」

唇が触れんばかりの距離で囁かれた珠麗は、ばっと耳を押さえ、後ずさる。

常人なららくの字で吹き飛んでいただろう、すさまじい威力の色気だった。

「あっ、ああっ、あああっ、あんた、じゃない皇帝陛下、全然懲りてないじゃないの……！」

「はは。懲りてはいるよ。諦《あきら》めていないだけ」

自誠はまるで悪びれない。

露悪的な言動とは裏腹に、本当の彼は真面目で、真摯で、誠実な男だと今では理解しているが――やはり彼は彼だった。

「落ち着いたら秀女選抜を再度行うと公言しているから、四年後ならちょうどいい。玄岸州には、腕利きの女官狩りを送り込んで迎えに行くから、安心してくれ」

「なにひとつ安心要素がないですけど!?　っていうか、もう絶対捕まりませんから！」

「そろそろ自覚した方がいいと思うから言うけど、君が自信満々に断言すると、必ず逆のことが起こるからねえ。二度あることは三度あると言うじゃないか」

「ない！」

珠麗が顔を真っ赤にして怒鳴っていると、とうとう合流した礼央たちが、「なにを騒いでいる」と眉を寄せながら声をかけてくる。

まさか「皇帝陛下に口説かれています」と答えられるわけもない珠麗は、気まずさに冷や汗を浮かべた。

ここで礼央たちに「そいつらと仲良くやっているなら、俺たちはこれで」とでも見捨てられたら一巻の終わりだ。

「ちょっとその、あの、あれがそれで――」

「おまえ、まさかそれが何かの説明になるとでも？」

礼央は仏頂面で珠麗の言葉を封じたが、意外にも彼女を見捨てることはなく、そのまま自誠に向き直った。

「見送り、ご苦労。こいつはたしかに返してもらった」

「言葉遣いが間違ってるようだよ、次期《こうてい》『烏』」

「あんたを、忠誠を捧《ささ》げるべき相手だとは、俺はまだ認めていない。清明節の人込みに、酔狂にも扮装《ふんそう》して出歩く考えなしに、人間の言葉で話しかけているだけありがたいと思え」

傲岸《ごうがん》不遜《ふそん》な礼央の物言いにも、自誠はゆったりと笑みを浮かべるだけだった。

「そこじゃない。珠麗は『返した』のではなく、『預けた』だけだと言ったんだ」

「…………」

黒曜石のように鋭い礼央の瞳が、剣呑《けんのん》に細められる。

しばし、男二人は、静かな火花を散らし合った。

「――行くぞ」

やがて、礼央が飽きたようにふいと視線を逸《そ》らす。

冷や冷やしながら見守っていた珠麗は「うわはい！」と必要以上に元気な返事を寄越《よこ》す

と、粛々と礼央に続いた。その隣には、当然のように、夏蓮も一緒だ。

「では、また」

背後から、自誠の静かな声が掛かる。

それを合図に、麗蓉と貴人たちが一斉にその場に跪《ひざまず》き、深く礼を取った。

「宝珠麗様に、ご挨拶《あいさつ》申し上げます」

そうすれば未練が残ると理解していたから、けっして後ろは振り向かない。

けれど、川べりを離れ、門前市の人込みに合流するそのときになっても、いつまでも、彼らがこちらを見つめていることが、なぜだか肌でわかった。


「おい、どっちに向かって歩いている」

「え？　あ、ええ、ごめん……東に進むんだったわね」

「珠麗様。そちらは崖《がけ》です」

「馬鹿なの？」

ぼんやりと歩いていると、たちまち三方向——礼央、夏蓮、宇航から声が掛かる。

玄岸州に向かって歩き出して四半刻《しはんとき》ほど。船着き場への近道をしようと、森の中を歩いていた珠麗が、崖に突っ込もうとするのは、もう二度目のことだった。

すっかり呆《あき》れたらしい礼央と宇航は、振り返ることもなく先に進んでしまったが、夏蓮が歩調を緩め、隣に並ぶ。

日頃はあまり表情の浮かばない黒い瞳が、どことなく心配そうに珠麗を見つめた。

「珠麗様。もしやお疲れですか？　少し休憩させていただきましょうか」

「ううん、ごめんね、大丈夫。夏蓮こそ、山歩きなんて初めてなのに、私よりしっかり歩いていてすごいわね。大丈夫なの？」

「韋族《イぞく》ですので」

「強いな韋族」

無表情ながら力こぶを作ってみせる夏蓮に、珠麗はぼそりと呟《つぶや》く。

それから、隣を歩く夏蓮に、小さな声で囁いた。

「……夏蓮は、本当に私についてきて、よかったの？」

それは、崖に突っ込む以上に頻繁に、珠麗が夏蓮にぶつけていた質問であった。

「もちろんでございます」

夏蓮の答えもまた、いつも同じだ。

「珠麗様のお傍《そば》が、私の居場所です」

「でも、向かうのは貧民窟なのよ？　私はもう慣れっこだけど、寒いし、柄が悪いし、食事も粗末だし、おしゃれもできないし……」

珠麗は指折り数えて貧民窟の様子を描写しながら、最後に一層眉尻《まゆじり》を下げた。

「夏蓮の妹さんもいない」

「この三月の間に、わざわざ休暇と路銀を許し、会いに行かせてくださったではありませんか。互いが無事だとわかっていれば、それで十分なのです」

夏蓮はゆっくりと答えたが、それでも浮かない表情の主人に、こう言い添えた。

「私も妹も、韋族です。韋族は、緑地を求めて、頻繁にその居場所を変えるもの。このくらいの移動、なんてことありませんし……すでに、あなた様という『家』を持っている私は、幸せ者です」

その声には、ひとかけらの迷いもない。

珠麗はしばらく夏蓮の顔を見つめていたが、やがて拳《こぶし》を握った。

「わ……私が、ちゃんと責任をもって、夏蓮のことを幸せにするからね」

決意を聞くや、夏蓮は目を丸くする。

それから小さく吹き出し、「はい」と頷《うなず》いた。

「光栄でございます。期待しております」

「守料も納めなくちゃいけないんだけど、陛下から慰謝料として金子をもらったし、私もちゃんと稼ぐから」

「はい。頼りにしております」

なにがおかしいのか、夏蓮は歩きながらくすくすと笑っている。

これはすっかり自分という主人に身をゆだねているのだなと思った珠麗は、貧民窟で頑張るぞと、決意を新たにした。

(そうよ、私がしっかりしなきゃ。貧民窟だろうがなんだろうが、幸せをちゃんと摑《つか》んで、夏蓮のことも幸せにするのよ。なにしろ、引き留めてくる皆を振り払ってまで、戻るんだもの)

そう、引き留めてくる皆を振り払ってまで――。

そこでまた、涙を浮かべる三貴人や麗蓉、苦い笑みを刻んだ自誡の姿が思い出され、珠麗は口元を歪《ゆが》めた。

(……紅香たち、最後まで泣いてたな)

心の奥底が、軋《きし》む。

詫《わ》びてくる彼らの声には、いつも苛烈《かれつ》な後悔が込められていた。

好意を寄せてくれるその顔には、いつも真摯《しんし》な思いだけがあった。

あのときはごめんなさい。だから今度こそは。どうか行かないで。

そうした言葉を、この三月で、自分は何回聞かされたことか。そのたびに、謝らなくていい、でももうここにはいられない、と繰り返す行為は、珠麗の心を疲弊させた。

だって、濡《ぬ》れ衣《ぎぬ》で追放された妃嬪《ひひん》が、後宮に戻ってきた事例など、これまでにない。

冤罪《えんざい》が晴れたからと妃嬪の地位に戻るというのも、筋が通っていると言えば通っていたし、一方では、ひどい仕打ちをした男の元には嫁げないというのも、納得できると言えば納得できた。

決断はすべて、珠麗の心ひとつに委《ゆだ》ねられていたのだから。

(結局、後宮を出ていくことを選んだ私は……冷酷なのかな)

謝罪を重ねる相手を退けるのは、ひどく心苦しい。

珠麗からすれば、恨みを持ち続けることよりも、許すことのほうが数倍簡単だ。

けれど、心がぐらつきそうになって、そこでいつも思い知らされるのだ。

自分はなんて、簡単に絆《ほだ》されてしまうのだろうと。

「己のちょろさが……憎い……」

珠麗はとうとう歩みを止めて、両手で顔を覆った。

「珠麗様?」

「うん……ごめん、なんか……」

少し、涙が滲《にじ》んでしまった。それがまた、情けなかった。

結局のところ、自分は甘いのだ。

友人に裏切られても、花街に追われても、火事に巻き込まれても、貧民窟に渡っても。

どれだけ苦労を重ね、現実を知ったつもりになっても、少し謝られれば、許してしまう。

人を許し、信じたがっている。

(礼央に見られたら、絶対馬鹿にされる)

洟《はな》を啜《すす》って涙を抑え込みながら、珠麗はぎゅっと目をつぶった。

自分から出ていったくせに、しかも連れ帰ってもらっているというのに、後宮にほんのわずかであれ思いを残している自分を、知られたくなかった。

「ううう……」

「──蟬《せみ》ほどしか脳みそがないくせに、なにを思い悩んでいる」

唸《うな》っていると、不意に頭上から声が降ってくる。

ぎょっとして顔を上げれば、そこにいたのは、不機嫌そうに腕を組んでいる礼央だった。

どうやら、珠麗が立ち止まったことで、引き返してきてくれたらしい。

「あ、ご、ごめん……ちょっとこう……煙が目に沁《し》みて」

「火のないところに煙を立てる能力でも?」

礼央は呆れ顔で問うと、手慣れた仕草で珠麗の頬を掴み、タコのように押しつぶした。

「おら。いつまでも辛気臭い顔をされても迷惑だ。さっさと言え。なにが不満だ」

「ふ、ふはんひゃんてない……」

「聞き取れん」

「は、はなひて……」

「おまえがその、めそめそするのをやめたらな」

（ほら、やっぱり礼央には馬鹿にされる――）

いつだって動じない彼は、こうした弱さを見せられるのが大嫌いなのだ。

だが、恨みがましい目で礼央を見上げた珠麗は、彼が意外にも、優しい瞳《ひとみ》でこちらを見下ろしているのに気付き、驚いた。

「言ってみろ。十割十分十厘、くだらない悩みの予感しかしないが、ただ歩くのも暇だから聞いてやる」

「……私」

声があんまりに優しいので、つられてつい、呟きが零《こぼ》れる。

いつの間にか、不自由なく話せる程度には、頬を摑む手の力も緩んでいた。

「自分が、情けなくて」

「おまえが情けなくないときなんてあったのか？」

「ないかも……いや、ある……」

珠麗は無意識に、礼央の手首に縋《すが》りつきながら、じわりと目を潤ませた。

「とにかく、私……それなりにつらい思いをしたはずで、礼央にも、わざわざ助けにきてもらって……夏蓮も巻き込んで、これから貧民窟に帰るっていうのに……」

「ああ」

「ちょっと、悲しいの」

とうとう、こらえきれず、ほろりとひと筋、涙がこぼれた。

「それで、そんな隙だらけの、阿呆《あほう》な……成長してない自分が、情けない……っ」

自分の居場所は、これから向かう貧民窟のはずだ。

追い出されて、自力で掴んだ新しい居場所。そこに帰るのは、正しい。

かつて自分を見捨てた連中には未練なく別れを告げて、颯爽《さっそう》と新天地に向かうというのが、きっと正解だ。

だというのに、ちょっと引き留められただけで、後宮に名残を惜しんでしまうなんて。

「……強くなりたいの。もっと賢くなりたい」

四年前、自分はあまりに愚かで、無頓着《むとんちゃく》だった。

それで失ったものは取り返せないし、同じ過ちは二度と犯したくない。

自分の甘さが、心の弱さが、誰かを追い詰めてしまうだなんて、もうしたくないのに。

「なのに、全然、なれてない……っ」

ぼろぼろと涙をこぼす珠麗から、礼央はそっと手を放す。

彼は、白い頬を走る涙の粒を指先で掬《すく》うと、静かにそれを見つめた。

「べつにおまえは、弱くても、隙だらけでも、いいんじゃないか」

「え……？」

意外な返答に、珠麗は目を瞬《しばたた》かせる。

その拍子に、またもひと筋涙が零れ落ちていったが、すると今度は、礼央はその涙の跡に口付けを落とした。

「そうしたら、その隙に俺が付けこむだけだから」

「り……っ!?」

優しい唇の感触に、名すら呼びきれず、硬直してしまう。

頰を押さえ、真っ赤にゆで上がった珠麗を見て、礼央はふっと噴き出した。

「茹《ゆ》でダコ」

「おおおい!?」

声を裏返し、咄嗟《とっさ》に叫ぶものの、なんと続けてよいのかわからない。

「あ、あん、あんたね、こここっ、こういうことを、軽々しくね！　豚かタコ扱いの女にするようなことは——ふむっ!?」

盛大に言葉を詰まらせながら、なんとか非難を紡いだが、それも半ばで途切れてしまった。

今度はしっかり、礼央に唇を奪われたためだ。

「…………!?　…………!?」

「——そうだなあ、軽々しいのはいけない。玄岸州《げんがんしゅう》の家に落ち着いて、宇航やそこの女官を追い払ったら、じっくり、思いの丈を、思い知らせてやろうなあ？」

「………⁉」

しばらくして、ようやく解放されたが、続く不穏な発言に、やっぱり珠麗は言葉を詰まらせることしかできなかった。

（く、口付けた！　この人！　口！　夏蓮たちの前で！　口付けた！）

今、彼は思いの丈と言った。

もしかしてもしかすると、王都まで助けに来てくれたのは、単なる身内意識のせいではなかったのか。さらに言えば、守料取り立てのためではなかったのか。

「あ……っ、あの……っ」

「なあ、珠珠。今、誰のことを考えてる？」

唇を両手で覆ったまま口をぱくぱくさせていると、ふいに礼央が意地悪く笑った。

「俺だろう？」

「………！」

「そうとも、おまえは隙だらけで、絆されやすくて、すぐに目の前の相手に染まってしまう。だが、逆に言えばそれは、何度でも塗り替えが利くということだ。それなら、何度でも塗り替えてやればいい。俺がな」

傲岸不遜《ごうがんふそん》に言い切る礼央の背後では、見物を決め込んでいた宇航がひゅうと口笛を鳴らす。

「ちょろさをちょろさで解決するとか、さすが兄《にい》だね」

さんざんな言われようである。

礼央の想《おも》いだとか、自分の性質だとかを一気に詰め込まれ、頭が破裂する寸前だったが、彼の付け加えた一言に、珠麗は思わず顔を上げた。

「どうせ元の色には戻らない。すっかり新しい色に染まってしまえば、その上にまた、違う絵も描けるだろう」

真っすぐにこちらを射貫《いぬ》く黒い瞳が、優しい夜空のようだった。

（そうか……）

ふいに、すとんと腑《ふ》に落ちる。

礼央たちとともに後宮を去ることを、ごく自然に、これでいいのだと思えた。

後宮の彼らは一度、自分を見捨てた。だから今度は、自分が彼らに別れを告げる。

きっとそれで天秤《てんびん》は釣り合って――そこからようやく、新しい関係を築くことができるのだと。

破鏡は再び照らしはしない。失ったものは、取り戻せない。

（けれど、形を変えたなにかなら、もしかして、手に入れられるのかもしれないから）

四年後、自分は後宮へのわだかまりをすっかり失《な》くして、都に足を延ばしているのかもしれない。それとも相変わらず、貧民窟に留《とど》まって、楽しく暮らしているのかもしれない。形と色を変えた自分の心に、どんな絵が描き出されているのかは、四年後の自分だけが知ることだ。

「ほら。いつまでも突っ立ってると、日が沈む。さっさと森を抜けるぞ」

「う……はい……！」

礼央がさっさと踵《きびす》を返してしまったので、珠麗は慌ててその後を追った。

もう足取りが迷うことはない。

少しだけ歩調を緩めてくれた礼央に気付き、しっかりと付いてゆく。

後ろで、宇航と夏蓮が、

「やー、アツいねえ。ちょっともう胸焼けするかと思ったよ」

「玄岸州にお住まいの方は、この寒さでも暑いと感じるのですか」

などと、かみ合わない会話をしている。

珠麗は、早足で歩きながら、いろいろと思考を巡らせ、小声で礼央に切り出した。

「あの……。さっきのはその……、私の性質を、思い知らせるため、だったのよね？」

なにしろ彼は、意外にもてる男だ。

彼にとって他愛もない触れ合いを、妙に重大に受け止めてもいけないだろう。

「で、でもね。やはり、花街経験者の観点からしてもね、唇というのは特別な部位であって、身持ちの緩い妓女《ぎじょ》でもそのへんは死守するものであるからして、あまり――」

「珠珠」

必死に言い募っていると、礼央は重々しく溜息《ためいき》をつく。

なぜなのだか、この日も彼は天を仰ぎ、遠い目をしていた。

が、やがて首を戻すと、彼はにっこりと、これまでに見たことがないほど爽《さわ》やかな笑みを浮かべた。

「続きは、玄岸州に戻ったらな」

「えっ⁉」

長く続いた森が途切れ、遠くに岸辺が見えてくる。

まばらな人通りの先に、玄岸州へと向かう船の姿が見えた。

「寝かさないから、船でよく寝とけ」

「えええええっ⁉」

よく通る珠麗の叫びが辺り一帯に響き渡り、一足先に船着き場に到着していた小黒が、驚いたようにカァと鳴いた。

完

書き下ろし番外編　二度目は、きっと

「さーて、紹介するわね。ここが、私たちの住まいよ！」

王都から玄岸州《げんがんしゅう》へと渡り、久しぶりに懐かしの我が家にたどり着いた珠麗《じゅれい》は、背後に控える夏蓮《かれん》に向かって、軋《きし》む扉を開けてやった。

玄岸州の辺境に位置する貧民窟《ひんみんくつ》、その中でもさらにはずれの、頼りなげな風情のぼろ長屋。それが、珠麗がこの数年で勝ち取った居場所だ。

数ヶ月も留守にしてしまった部屋は、さぞ埃《ほこり》っぽいだろうと覚悟していたが、扉を開けた先の空間は、意外にもしんと澄んだ空気を湛《たた》えている。

それは、あまりにこの部屋の隙間風が酷《ひど》くて、勝手に換気されていたからかもしれないし、あるいは、同じ長屋の住人たちが、気を利かせて風を通してくれていたからかもしれない。

この長屋に住むのは荒くれ者ばかりだが、彼らは皆、礼央《りおう》の傘下にある。珠麗に嫌がらせを仕掛けてきたことがないどころか、ときどき、強面《こわもて》に似合わぬ繊細なお節介を焼いてくれるのだ。

「だいぶ手狭だし、ぼろぼろだけど、まあなんとか生活できるから、ちょっとだけ辛抱してちょうだい。目標額まで貯《た》まったら二部屋借りる予定だから。それか、もっと広い場所に移ってもいいしね」

珠麗はどさりと荷物を投げ出し、「はぁー！」と息を吐きながら、古びた寝台に一瞬だけ腰を下ろす。

そのまま寝入ってしまいたいくらいには疲れていたが、なんとか堪《こら》えて立ち上がった。なにしろ今は、一人きりではない。元女官の夏蓮――自分が従え、導いてやるべき存在が、傍《そば》にいるのだから。

「大事なことだけ説明するわね。厠《かわや》はこの長屋を出て少し歩いた茂みの奥。蓋《ふた》付き甕《かめ》の水は飲んでも大丈夫だけど、蓋なし甕の水は飲んじゃだめ。どちらも同じ川で汲《く》んでるんだけどね。ここの窓は壊れているから開けない。こっちの壁は薄いから、物音に注意」

それから、と説明を続けようとして、夏蓮が黙り込んでいることに気付く。

「夏蓮？　大丈夫、疲れた？」

「いえ……」

忠実な女官であった彼女は、言葉を吟味するような間を置いた後、神妙な顔で答えた。

「それなりに覚悟はしていたのですが、想像以上に、ぼろ……古……いえ、ひどい部屋で」

「結果的になんら言いつくろえてないわよ、夏蓮」

これには思わず珠麗も、ひくりと口の端を引きつらせてしまう。

この如才のない元女官が、ここまで言葉選びに失敗するだなんて珍しい。

けれどぐるりと部屋を見回して、それも仕方がないかと、溜息を落とした。

ここには、後宮のような麗しい調度品も、贅《ぜい》を尽くした菓子もない。さらに言ってしまえば、古扉の木板は痩《や》せ細って隙間が生じ、風雪すら十分に凌《しの》いでくれないのだから。

きっと、遊牧の日々を繰り返す夏蓮たち韋族《イぞく》が、砂漠に張るという天幕だって、この部屋よりはもっと広く、豪華なことだろう。

せっかく自分に付いてきてくれた夏蓮を、早速失望させてしまったことに、珠麗は申し訳なさを覚えた。

「あーっと、ごめんね、こんな暮らしぶりで。新生活が不安にもなるわよね……。でも、貧民窟全体がこうってわけでもなくて、礼央の家とかは、かなりきちんとしてるから」

これからの日々になんとか希望を持ってほしくて、珠麗は取りなすように続けた。

「あいつ、意外に贅沢《ぜいたく》好きなのよ。自分自身はほとんど家にいないくせに、厨房《ちゅうぼう》も立派だし、衣装持ちだし、厠も広くて綺麗《きれい》だし、そうだ、沐浴《もくよく》場まであるの。夏蓮が望むなら、使えるよう掛け合ってみるわ」

おそらく、礼央が断ることはないだろう。珠麗に対しても「好きに使っていい」と言うほどには、太っ腹な男だから。

ただし「タダより怖いものはない」とでも言おうか、下手に彼の家のものを使っては、後から法外な要求を突き付けられそうで、珠麗はずっと使用を避けてきたのだ。

けれど、夏蓮――大事にすべき「子分」――にいいところを見せるためには、多少の覚悟も必要と思われた。

「はは、本当は私も、もっといい暮らしをしたいのよ。でも、そこそこ稼いでいるはずなのに、儲《もう》けが出るたびになぜか守料も上がっていって、結局カツカツなのよね……」

情けなさに頰のあたりを搔《か》くと、不意に夏蓮は口を引き結んだ。

しばしむっすりと押し黙り、やがて不機嫌そうに呟《つぶや》く。

「……あの男は、どういう神経をしているのですか」

「へ？」

「人目も憚《はばか》らず、珠麗様を『自分の女』扱いしておいて。そのくせ、好いた女にこんな暮らしを許しておくだなんて」

どうやら礼央を非難しているのだと気付いて、珠麗は困惑した。まさかそちらに怒りを向けられるものとは思わなかったのだ。

「ええと」

「男は、好いた女と子どものことは腕に抱いて守り、熱砂にも負けぬほどの情熱で愛を囁《ささや》くものでしょう。少なくとも韋族はそうです。貧民窟では違うというのですか」

「え、え」

思いのほか情熱的だった韋族の民族性に驚く。

真剣な顔をした夏蓮に詰め寄られたことで、珠麗はつい「女を守り愛を囁く礼央」というのを想像してしまった。

（「女《わたし》を腕に抱いて守る」……ことは、まあ、してくれそうね）

というか、貧民窟で過ごしたこの数年、そして後宮での騒ぎまで含め、珠麗はほとんど、礼央に守られてばかりだった。同時に、厳しく取り立てられもしたというだけで。

（でも……「情熱的に愛を囁く」？）

礼央が冷笑的な性格であるのと、珠麗の恋愛経験が乏しいのとで、その手の想像がさっぱりできない。

なんとか「おお珠麗、君は俺の太陽だ」と歯を光らせる礼央を思い浮かべてみたが、

「うわ、気持ち悪……」

あまりの違和感に、珠麗は背筋をぞくりとさせて、想像を自主規制した。

「いやあ……あいつは一生、そういうことはしないんじゃないかなあ、性格的に」

「ですが、彼は珠麗様に愛を告げていましたよね。なんなら、貧民窟に戻り次第――つま

り今日、珠麗様を抱くとまで言っていましたよね？」

「抱……っ」

直截的《ちょくせつてき》な物言いに赤面してしまう。後宮にいた夏蓮は、閨事《ねやごと》と羞恥心《しゅうちしん》を切り離しがちだ。

ごほんと咳払《せきばら》いをし、珠麗は努めて落ち着いた声で夏蓮を諭した。

「いや、それなんだけどね。私も思いきり動揺しておいてなんだけど、今となっては、あれ、礼央流の冗談なんじゃないかと思うのよ」

「は？」

なぜだろう。日頃表情をあまり動かさない夏蓮が、絶句してこちらを見ている。

顔には「そんなわけがないだろう」と書いてあるかのようだが、いやいや、逆に珠麗かrすれば、礼央が本気だというほうが「そんなわけがないだろう」なのだった。

「だってあいつ、私のことをしょっちゅうからかってくるんだもの。今回は新手のからかいだったというだけよ」

その証拠に、道中、礼央は珠麗に手を出してくることはおろか、甘い眼差《まなざ》しを向けることもしなかった。珠麗のほうは始終、どきどきしていたにもかかわらずだ。

いったいいつ彼は迫ってくるのか、こちらに「付け込んで」くるのかと、船の上でも馬の上でも、そわそわしどおしで。

何気ない動作のひとつひとつにどきりとし、発言の裏を勘ぐり、胸を高鳴らせて、高鳴らせて――興奮疲れし、やがて気付いたのだ。

いや、本気のはずがないじゃない、と。

（だって考えてみればあのとき、礼央は私を「好き」だなんて言わなかった）

彼はただ、「弱さに付け込む」とか「俺が塗り替える」と告げただけだ。口づけの意図を追及しても、「続きは玄岸州に帰ったら」と茶を濁すだけ。

あのときはてっきり、帰郷したら「口づけの続き」をするのかと思ったが、礼央たちは明け方たどり着いた邑《むら》の入り口で「今夜の晩飯用意しといて」と言って金を寄越《よこ》し、さっさと別行動を取ってしまった。つまりあの発言は、「意図の説明なんて面倒だから、この話の続きはまた後日」というほどの意味でしかなかったのだ。

ということは、自分はべつに告白をされたわけでもなければ、体を狙われているわけでもない。珠麗はそう結論づけた。

からかわれただけだったのだ。

「それにあいつ、もともと遊び人で、愛人も何人かいたみたいだし。私、誤解して嫉妬《しっと》に駆られた愛人が襲撃してきたのを、宥《なだ》めたこともあるのよ」

肩を竦《すく》めて説明してやりながら、珠麗はだんだん腹が立ってきた。

そうとも、やつは結構な遊び人。それだというのに、一瞬とはいえ彼の発言を真に受けていた自分はどうかしていた。

（あのとき、『新しい色に塗り替えればいい』って言ってくれたのは……嬉《うれ》しかったのに）

すごく、救われた気がしたのに。

きっとあれも、軽口のひとつでしかなかったのだ。

そう思うと、なんだか心の奥底から、もやもやとしたものが湧き上がるようだった。

「……ですが、もし本気だったらどうなさいますか。たとえば、本日の夕餉《ゆうげ》の後に、抱き寄せられたりしたら」

「んもう、夏蓮も譲らないわねえ」

いつになく食い下がる夏蓮に、珠麗は苦笑する。

お付き合い程度に少し考えてみて、彼女はやはり首を振った。

「本気、ってことはやっぱりないと思うの。だとしたら、遊びで手を出されるなんて、ごめんだわ。私……そういうのは、きちんとしたい」

後宮で妃嬪《ひひん》とは、皇帝からの愛を戦利品のように奪い合う生き物だった。

花街で妓女《ぎじょ》とは、美しく偽った愛を客に売りつける生き物だった。

どちらもこの目で見てきたからこそ、思う。自分は、そんなのは嫌だと。

「……承知しました」

夏蓮はしばし言葉を吟味するように目を伏せていたが、やがて顔を上げ、頷《うなず》いた。

「それでしたら、珠麗様。本日の夕餉は私に用意させてください」

「え？」

思いも掛けぬ申し出に、珠麗は目を瞬《しばた》かせる。

だが、夏蓮はすっかり意志を固めた様子で繰り返した。

「私に、夕餉の用意をさせてください。――これからお世話になる以上、最初のご挨拶をせねば」

と。

その夜、礼央の家の上等な円卓には、手を掛けた食事がこれでもかと並んでいた。

小豆飯《あずきめし》と蟹《かに》の膾《なます》。色よく炊かれた芋がらの羹《あつもの》に、丸々と太った鯖《さば》の焼き物。根菜と茸《きのこ》の炒《いた》め物。

「ひゃー、すごい！　これ、全部夏蓮が作ったの？　料理うまいんだね。見た目もきれいだし。こりゃ、いい居候拾っちゃったな」

目を丸くして喜色を浮かべるのは、宇航《うこう》だ。

「どうせ、日頃私の作る料理は雑ですよ。っていうか夏蓮のことをもの扱いしないでくれる？　だいたい居候ってなによ、夏蓮はあくまで私付きなんですからね」

宇航の向かいに腰を下ろした珠麗は、じとっとした視線を寄越す。

だがすぐに誇らしさのほうが勝り、円卓に掛ける男たちに向かって胸を張った。

「でもまあ、見る目があるとも言えるわね。その通り。夏蓮は気立てよし、器量よし、料理上手の三拍子揃《そろ》った、自慢の『妹分』よ」

後宮を離れた以上、夏蓮はもう女官ではない。だが、彼女は頑《かたく》なに「珠麗様に仕えたい」と言う。そこで珠麗は、夏蓮のことを妹分として扱うことに決めていた。

賊徒集団では、時折兄弟の契りを結ぶこともあると聞くので、まあ、その女性版だ。

「見てよ、今朝方やっと家にたどり着いて疲労困憊《ひろうこんぱい》しているっていうのに、夜にはきっちり夕餉を仕上げてくれる働きぶり。あんたたち、これが毎日だと思ってもらっちゃ困るわよ。今日は帰還祝いで、特別なんだから」

帰還祝い、の部分で、「続きは玄岸州に戻ったらな」の言葉を思い出してしまう。ちら、と、上座に掛ける礼央に一瞥《いちべつ》を向けたが、彼は淡々と酒杯を傾けるばかりなので、珠麗もまた、意識を切り替えた。

厨房《ちゅうぼう》と卓を往復してばかりの夏蓮に呼びかける。

「さあさあ、夏蓮。いつまでもお皿を並べていないで、あなたも座りなさいよ。ここからの給仕や片付けは私がするわ。あなたも食べて」

「いいえ。私は珠麗様と同じ卓に着けるような身分ではございませんので」

「んもう。もうあなたは女官じゃなくて、妹分なんだってば」

相変わらず頑なな夏蓮に焦《じ》れる。

「妹分？　そこの女官は、おまえより年上だろう？」

「そうなんだけど、でも私が面倒を見るんだから、妹分でいいのよ」

ふと口を開いた礼央に、珠麗はすかさず言い返した。

「この貧民窟は血の気の多い男たちばかりだから、私ずっと、夏蓮みたいな妹分がいたら、どんなに楽しいだろうと思っていたの。念願叶《かな》って嬉しいわ。これからは、毎日一緒よ」

ふふん、と自慢げに告げると、礼央は珍しく「へぇ」と薄く微笑《ほほえ》んだ。

「そうか。――宇航、この『妹分』とやらの腕を切り落とせ」

そして唐突に、隣の宇航に命じた。

「……は？」

一瞬、頭が言葉に追いつかず、聞き返してしまう。

礼央は酒を飲みながら、静かに繰り返した。

「この元女官の、腕を切り落とせと言った」

「はあ!?」

今度こそはっきりと意味を理解して、思わずその場に立ち上がる。

珠麗は完全に混乱していた。

「な、なにそれ！　冗談にしたって酷《ひど》いわよ。なんで突然、そんな話になるわけ!?」

「…………」

だが意外にも、当事者である夏蓮のほうは冷静に──いや、冷ややかに、礼央を見つめ返している。

礼央はくっと口の端を引き上げ、杯を置いた。

「理由はその元女官のほうがわかっているんじゃないか。なあ?」

それから卓に頬杖《ほおづえ》をつき、佇《たたず》んだままの夏蓮を見上げる。

相手を射貫《いぬ》く視線は、猛禽《もうきん》類を思わせるほどに鋭かった。

「料理好き、ね。なるほど。ずいぶん料理に詳しいようだ」

「…………」

「そんなに俺が嫌いか?　悲しいことだ」

「……心にもないことを」

低い声での応酬が続く。礼央が片手で大げさに胸を押さえてみせると、夏蓮は押し殺したような声で吐き捨てた。

「なに……?　どういうことなの?」

「合食禁」

困惑した珠麗に、礼央は短く答える。

耳慣れぬ言葉にますます眉《まゆ》を寄せると、彼は、卓に載った皿の一つ一つを指さした。

「小豆飯と蟹《かに》。芋がらと鯖《さば》。どちらも、ともに食すと腹に障りを起こす組み合わせ――合食禁だ。宮中の料理人なら処刑ものだぞ」

「な……っ」

予想外の指摘に珠麗は驚いたが、すぐに気を取り直すと、礼央をきっと睨《にら》みつけた。

「そ、それは悪かったけど、そんなの単なる偶然じゃない。なにも処刑だなんて、脅さなくたっていいでしょ！」

「いいや、偶然なんかじゃない。本命は茸《きのこ》だ」

「茸？」

彼が指す先では、根菜と茸の炒め物が美味《おい》しそうに湯気を立てている。

使われている茸は漏斗《じょうご》型の笠《かさ》を張った色白のもので、珠麗もつまみ食いさせてもらったが、食感もよく、素直に美味しいと思えるものだった。

「なによ、これは毒茸《どくきのこ》なんかじゃないわよ。私がちゃんと味見もしたもの」

「毒になる。酒と組み合わせればな」

だが、礼央が続けた言葉にぎょっとした。

「単独で食べればうまい茸だ。だが、酒と合わさればたちまち悪酔いを起こさせる。嘔吐《おうと》、目眩《めまい》、不快感。これを、毒を盛ったと言わずしてなんと言う？　まがりなりにも『烏《からす》』を攻撃したんだ。相応の報いは受けてもらわないとな」

「そんな……」

呆然《ぼうぜん》としながら、呟《つぶや》く。

さすがに作った料理すべてが合食禁というのは、偶然ではありえない。

なにも言い返さないところからも、夏蓮は確信的にこれらの料理を出したのだろう。

彼女が人に毒を盛ったということも信じがたかったし、動機がわからなかった。

「か……夏蓮。そうなの？　あなた……毒を、盛ったの？」

「毒などではございません。数刻、少し気分が悪くなる程度のものです」

「夏蓮！」

まったく悪びれない様子の妹分に、珠麗はつい声を荒らげた。

「程度の問題じゃないでしょ！　なぜそんなことを――」

「おやおや、忠誠心が肝心の主人に届いていないとは、むなしいことだ」

珠麗は動揺のあまり夏蓮の肩を揺さぶったが、礼央のほうは動機まですっかり理解しているらしい。

彼は再び酒杯を取り上げると、薄い陶器ごしに、珠麗を見つめた。

「おまえだよ」

「え？」

「そこの女官は、今晩おまえが俺に抱かれるのを、止めようとした。酒と茸で潰《つぶ》してな」

珠麗ははっと息を呑《の》む。

先ほど、長屋で交わした会話が蘇《よみがえ》り、ようやく、事情を飲み込んだ。

（そんな、馬鹿な……）

たしかにあのとき、「遊びで手を出されるのはごめんだ」とは言った。

けれどまさかその一言だけで、夏蓮が、こんな無謀を働いてしまうなんて。

「馬鹿……馬鹿ね。今晩礼央が私を、だなんて、ありえないって言ったじゃない！　なのに夏蓮、あなたなにをやっているのよ！」

「おや。なぜ『ありえない』だなんて決めつける？」

そこに礼央がふっと笑って口を挟む。

「俺は言ったはずだぞ。ここに戻り次第、続きをするとな」

すると、それまで無表情を保っていた夏蓮が、突如として眉を吊《つ》り上げて叫んだ。

「させない！」

頬杖《ほおづえ》をついて箸《はし》を弄《もてあそ》んでいた宇航が、思わず顔を上げるほどの迫力であった。

「この機会にはっきり言わせていただきます、礼央殿。あんな貧しい暮らしを強いて、守料などと言って金銭まで搾取する男が、珠麗様に手を出そうなど、言語道断！」

夏蓮は礼央が滲《にじ》ませる冷酷な雰囲気にも退かず、ぎらりと目を光らせた。

「珠麗様が前向きならまだしも、あなたが勝手に言い寄っているだけではありませんか。

しかも、言い寄るわりにこの扱い。これなら、かつて焼き鏝《ごて》を許したことまで含めても、この三月、熱心に珠麗様を慈しもうとした皇帝陛下のほうが、百倍ましです。好いた女への言葉や贈り物を惜しむほど、『鳥』の男は困窮しているのですか？」

痛烈な皮肉に、礼央の目が細められる。

「珠麗様は、これまであなたが弄んできたような安い女とは違います。今のあなたには、指の一本すら、珠麗様に触れる資格なんてない！」

「そういうおまえは明日から、腕で珠珠《じゅじゅ》に触れられなくなるがな」

激昂《げきこう》する夏蓮に淡々と言い返すと、礼央は立ち上がり、硬直した珠麗をひょいと肩に担ぎ上げてしまった。

「来い、珠珠」

もがく珠麗をなんなくいなし、笑みとともに囁《ささや》く。

「おまえは今夜、俺のものにする」

「だから、そんなことはさせないと──！」

「宇航」

摑《つか》み掛かろうとした夏蓮の手をすいと躱《かわ》し、礼央は背後の弟分に呼びかけた。

「両腕だ」

「はいはい」

億劫《おっくう》そうに立ち上がる宇航、そして強引に寝室に運ばれようとしている状況に、珠麗はいよいよ激しく暴れ出した。

「じょ――冗談じゃないわ！」

勢いよく礼央の腿《もも》を蹴《け》り、床に転がり落ちる。

痛みにもめげず即座に夏蓮のもとへと駆け寄り、拘束しようとしていた宇航を引き剝《は》がした。

「やめて！　夏蓮になにすんのよ！」

「くだらない理由で反逆を企てた女に罰を与えるだけだ。おまえはこっちに来い、珠珠」

「行かないわよ！」

引き返してきた礼央がむっとした様子で手を伸ばしてくるが、珠麗は夏蓮を抱きしめたまま、片手でそれを振り払った。

「というかなんで、だ、抱かれることが決定事項になってるの!?　誰がいつ同意したのよ、ええ!?　軽々しく、やれ抱くだの自分のものにするだの、私は米俵ですかっての！」

「米俵」

人が抱き上げたり所有したりする対象物の例として、咄嗟《とっさ》にそれしか出てこなかったのだが、微妙だったらしい。

礼央が言葉を詰まらせた隙を突いて、珠麗は大声で叫んだ。

「夏蓮の動機は全然くだらなくなんかない！　ええそうよ、こんな風に抱かれるなんて最低最悪だもの。そりゃ、良心ある人間なら回避させようとするわよ！」

「なんだと？」

礼央の目が不機嫌そうに細められる。

途端に、常人ならその場に跪《ひざまず》きたくなるほどの気迫が満ちたが、珠麗はなんとか踏みとどまり、勢いのまま相手に指を突き付けた。

「だってそうでしょ、あんた、女を抱くっていうことを、いったいなんだと思ってるの⁉　そ、そういうのはね、思いを通わせ合った夫婦間でのみ、あるべきものでしょうが！」

叫びながら、内心では「そんなのきれい事だ」とは、珠麗も思った。

だって、後宮では、花街では、女はいつも飾り物だ。花だなんだと喩《たと》えられても、結局それは、男を慰めるためのものでしかなく、けっして相手と対等なんかではない。

でもそれを知っているからこそ、珠麗は嫌なのだ。

一人の男とだけ結ばれたい。自分の足で立ちたい。自分は後宮や花街から決別したはずなのだから、それらとは違う生き方を探したい。

「だ、抱くっていうのはね、愛人にするってことじゃないの。妻にするってことなのよ。結婚して……これからの人生を、その相手とだけ分かち合うっていう意味なの！　それだけ重大なことよ！」

どうせこんなことを言えば、礼央は鼻で笑うのだろう。幼稚な憧《あこが》れだと。

だが、少なくとも珠麗にとっては、どうしても譲れない部分なのだ。きっとこれをうやむやにしては、今の自分を形成している、とても重要なものを失ってしまう気がした。

「それだっていうのに、あんたは求婚も贈り物もないどころか、大事な妹分を傷つけて、怯《おび》える私を強引に抱こうってわけ!?　馬鹿にすんじゃないわよ！」

ああ、叫びすぎだ。

礼央は喧噪《けんそう》を嫌う。反抗も嫌う。こんなに好き勝手罵《ののし》っては、いくらこれまでの付き合いがあるとはいえ、珠麗も処刑されてしまうだろう。

だが、それでも言葉の奔流は止まらなかった。

珠麗は礼央に、理解してほしかったのだ。

わかってほしい。

もし彼が、この思いを——珠麗の魂の根っこにある部分をまったく理解してくれなかったとしたら、それは、ほかの誰に理解されないより、ずっと悲しいことだから。

声を荒らげているうちに、感情が高ぶりすぎて、ぼろりと涙が零《こぼ》れてしまった。

「花嫁衣装はどこよ！　火鉢は、撒《ま》き豆は、杯はどこよ、ええ!?　抱く抱く言うなら、それら一式、耳を揃《そろ》えて持ってきてから言えってのよ、クソ野郎！」

言いすぎだ——。

啖呵《たんか》を切った瞬間から、そう思った。

だが飛び出した言葉はもう戻らない。

室内に、しん、と沈黙が満ちた。

「…………」

礼央は腕を組み、わずかに眉《まゆ》を寄せている。

もしかしたら、どうやって珠麗を殺そうかと考えているのかもしれない。

だが彼は、やがて腕を解くと、ただ一言、こう呟いた。

「意味がわからない」

そしてその一言は、恫喝《どうかつ》よりも、死刑宣告よりも、珠麗の心をさっと冷やした。

――わかって、くれないのか。

「まあ、もういい」

青褪《あおざ》める珠麗をよそに、礼央は自己解決してしまったように頷《うなず》く。

そのまま、扉に向かって踵《きびす》を返しはじめた。

「えっ、ちょっ、ちょっと礼央兄《りおうにい》！　この元女官どうすればいいの？　夕餉《ゆうげ》は!?」

「どちらも好きにしろ」

慌てて呼び止める宇航にも、素っ気なく応じるのみ。

さっさと部屋を出てしまった礼央を見送り、残された一同は押し黙る。

「まったくもう……」

やがて、礼央のそうした態度に慣れているらしい宇航が、はあっと溜息《ためいき》を落とした。

「とりあえず、腕は切らなくていいんだろうけど……だめじゃん、馬鹿珠珠。兄をあんなに怒らせちゃ。ひやひやしたじゃない」

「…………」

「いやまあ、あれって、怒っているってわけでもないのか。どう思う？」

一人だけぺらぺらと話す彼は、こてんと首を傾《かし》げて珠麗を窺《うかが》う。

「……知らない」

珠麗は、夏蓮の腕をぎゅっと握り締めながら、小さな声で呟いた。

「礼央なんて、もう知らない」


さてそれから、瞬く間に一月ほどが過ぎた。

最初の一週間ほどは、いつ機嫌を損ねた礼央が自分たちを罰しにくるのかとびくびくしていた珠麗だったが、時を重ねるにつれ、その恐怖は徐々に薄らいでいった。

なにしろ礼央は報復に来るどころか、姿を見せもしないのだ。

これまでは、仕事だったり買い物に付き合わされたりで、毎日のように顔を合わせていたし、少なくとも数日に一度は食事を共にしていたのに、それがない。

もしや王都や近隣の町まで出向いているのかとも思ったが、宇航に聞けば毎日帰宅はしているらしく、貧民窟を空けているというわけでもないようだった。

(避けられてる?)

考えられるのはそれだけだ。

だが彼の性格上、ばつの悪さから相手と距離を取る、ということはまずなさそうだ。

ということは、彼は単に、珠麗に興味を失ってしまったのだろう。

あの反抗をもって珠麗は「抱いてみたい女」から「関わる価値もない女」の箱に移動させられ、だから彼は一切、接触を持とうとしないのだ。

(べつに、いいけど)

夕陽《ゆうひ》の差し込む長屋でせっせと裏琹《りかん》をこしらえながら、珠麗はふんと鼻を鳴らした。

彼と一月も口を利かないなんて初めてのことだが、べつに寂しくなんかない。ないったら、ない。最近彼のことばかり考えている気がするが、「気がする」だけだから、つまりそれは、気のせいということだ。

なんでまた礼央が、自分のことを抱きたいだなんて思ったかは知らないが、興味を失ってくれたなら結構なことだ。こちとら、遊びで手を出されるなんて、ごめんなのだから。

(寂しくなんかないし。裏琹作りも軌道に乗って、礼央に頼らなくても生きていけるし)

細かな動きで、小さな紙片に米粒より小さな字を書き込んでいく。

（……そんなに怒らせたのかなんて、気にしてないし）

礼央の機嫌をそれほどまでに損ねてしまったのかと思うと、最初はただ、怖かった。けれど時間を置いた今、恐怖とはべつの、もやもやとした感情が胸を満たす。

自分はそんなにおかしなことを言っただろうか。頑《かたく》なな自分が悪いのだろうか。いいや、そんなことはないはずだ。なら彼が悪い。彼が理解してくれないから。

だが、そのことがまた悲しい。

礼央はこの数年、ずっと珠麗の近くにいて、後宮から身も心も救い出してくれた。なのに、こちらの価値観については理解してくれないというのか。

彼がふいと顔を背ける様を思い浮かべると、なぜだか胸にちくりと痛みが走った。

無意識に胸元を押さえようとしたその瞬間、ぽた、と筆先から墨が垂れる。

「あっ」

落ちた墨は、書き進めた小さな文字をじわりと覆ってしまい、珠麗は嘆きの声を上げた。

「ああ、もう！」

「大丈夫ですか、珠麗様」

筆を投げ出した珠麗に、夏蓮がいたわしげな声を掛けてくる。

彼女は、珠麗が裏栞づくりに専念している間、この小さな部屋の掃除をしてくれていた。

「根を詰めすぎて、少し集中力が落ちてきたのでしょう。一度お茶にしましょう。私、外の竈《かまど》に行ってきます」

「う、うん……」

原因は察しているだろうに、そこには触れずにいてくれる夏蓮の配慮がありがたい。

「あ、でも、もうすぐ日も暮れるでしょう。それに、茶葉を切らしていたはずだもの。無理にお茶なんて用意しなくてもいいのよ」

「ご心配なく。ちょうど昨日、茶売りの青年の弱みを握って、値切って値切って茶葉の山を仕入れたところですから」

「強い」

貧民窟に戻って一月。夏蓮はすっかり、なんなら珠麗以上に、暮らしに順応していた。

どうやら彼女は、礼央と接触しない環境というのが、ただ気楽なものに感じられるらしく、当初の予想以上にのびのびと、ここでの日々を過ごしているのである。

上機嫌に長屋を出ていく後ろ姿を見送って、珠麗は卓に向き直り、再び溜息を落とした。

「……なんか私ばっかり気にして、馬鹿みたい」

夕暮れは人を感傷的にする。

組んだ両手に額を埋めていると、こんこん、と背後で扉が叩《たた》かれた。

少々せっかちな叩き方だ。

「なに、夏蓮？　どうしたの？」

特になにを警戒するでもなく扉を開けて、ぎょっとした。

「おら」

突然、目の前に真っ赤な物体を突き付けられたからだ。

一気に眼前に迫ったそれは、ひどく柔らかく、けれど容赦なく珠麗の顔を覆った。

「ぶっ！」

ふぁさっ、と音を立てるそれを慌てて押しのけ、そこでさらに目を見開く。

扉の先には、仏頂面の礼央が立っていた。

「え……」

「三十数える」

久しぶり、だとか、よお、といった挨拶《あいさつ》すらなく、いきなりなにかの期限を区切られる。

「へ？」

「その間に着替えろ」

言われて初めて、咄嗟《とっさ》に受け取ったものが、赤い衣装だということに気が付いた。

冷静になって見れば、礼央もまた赤い衣に身を包んでいる。彼は日頃、ほとんど黒一辺倒の装いしかしないのに。

「え？　え、え……」

珠麗は混乱した。

指先に触れる絹の感触。するりと滑らかなそれは、間違いなく上等なものだ。礼央のまとうのも、光沢から察するに、簡素ではあるが上質なそれ。

仕立てのよい赤い衣。

そんなの——婚礼衣装のようではないか。

だがそのとき、礼央がふと、

「赤い服なんて初めて着たが、これはこれで、返り血が目立たなくていいな」

などと薄く笑みを浮かべたので、珠麗はざっと血の気を引かせた。

(いや、戦闘服!?)

これから自分は、返り血を浴びるような戦地に連れて行かれるのだろうか。

「そうだ。この長屋の荷物も、全部整理しとけよ」

「身辺整理!?」

いや、戦闘服を通り越して、死装束の可能性すら出てきた。

「え、ちょっと待って……こ、これはどういう……」

「扉、閉めるぞ。一、二——」

事情を問いただそうとするが、無情にも鼻先で扉が閉められてしまう。

「え!? え……!?」

珠麗は慌てふためいたまま、赤い衣をぎゅっと抱きしめた。

「や、夏蓮。水汲《みずく》み？」

夏蓮が宇航に声を掛けられたのは、水桶《みずおけ》を持って川にやってきたときのことだった。

本当はもっと手早く茶を淹《い》れるつもりだったのだが、いざ湯を沸かそうという段になって、長屋で共有している水甕《みずがめ》が空だと気付いたのだ。

（昼はたしかに満杯だったのに）

誰がこんなに大量に使ったのだろうか、と首を傾げつつ、夏蓮は長屋を離れた。

わずかな時間なら大丈夫だろうとはいえ、あの隙だらけの主人を一人で部屋に残すのは少々心配だ。それに、日が暮れてしまうと、川の付近は一気に歩きにくくなる。

急《せ》いた足取りでいたぶん、宇航から呼び止められたときには、少々の苛立《いらだ》ちが募った。

「なんでしょうか。簡潔にお願いします」

「やだなあ、そんな苛々《いらいら》しちゃって」

あどけない顔立ちの少年は、おどけたように舌を出す。

ぱっちりとした瞳《ひとみ》と相まって、一連の動作や表情は愛らしく見えたが、この短い付き合いで、夏蓮は相手が見た目通りの無邪気な少年ではないと確信していた。

「あなたとはあまり話したくありません」

「傷付くなあ。こっちは大切な話をしにきたのに」

「大切な話？」

眉《まゆ》を寄せると、宇航は「うん、そう」とにこやかに応じる。

それから、夏蓮の持つ桶《おけ》を見ると、懐から小さな杯を取り出し、そこから水を少量掬《すく》った。

「飲み水を汲《く》みに来たんでしょ？　薄暗いと水の状態が見えにくいから、ちゃんと色や味を確かめたほうがいいよ。僕みたいに優秀な従者は、いつもそうしてる」

「…………」

いちいち嫌みな少年だが、聞き捨てならない指摘ではある。

「そうなのですか？　そんな作法、初めて聞きましたが」

「そりゃ、砂漠と寒村じゃ勝手は違うよ。ほら、白い杯に掬えば、細かい砂や泥がよく見えるでしょ。今日の水は、問題なし。味は……うーん、まあ、沸かせばいける程度、かな？」

「完全に澄んではいない、ということですか？」

軽く顔を顰《しか》められて、つい気になってしまう。

少し身を乗り出すと、宇航は肩を竦《すく》めながら、もう一度杯に水を掬った。

「夏蓮も従者としてちゃんとしたいなら、水の味くらい覚えておけば？　この味が、茶に使える最下限。今日みたいに、雨の翌日とかは水が濁りやすいんだ」

すでに宇航が飲んだ後なので、さすがに毒が含まれているということもあるまい。

夏蓮は慇懃《いんぎん》な手つきで飲み口を拭《ぬぐ》ってから、水を飲んだ。

「覚えました」

「よかった。ね、僕って優しい先輩でしょ」

恩着せがましい発言に、つい白々とした視線を向けてしまう。

それに気付いた宇航は、大げさに胸を押さえた。

「なんだって君は、僕たちをそんなに敵視するのかなあ」

「強引に主人を襲おうとする男と、それに従って腕を切ろうとしてきた者のことを、どうしたら敵視せずにいられるのでしょう」

「そう、そこ！」

夏蓮が反論すると、宇航は我が意を得たりとばかりに微笑《ほほえ》んだ。

「さっき、大切な話があるって言ったでしょ。そこなんだよ。僕は君にもっと、礼央兄という人を正しく理解してほしい。それで今日、説明しにきたんだ」

「説明に？」

今さら、主人の横暴について言い訳しにきたということか。

夏蓮は即座に「結構です」と撥《は》ねのけてやろうとしたが、宇航が通せんぼをしながら、

「あのとき、兄が『意味がわからない』って言ったのはね」

と告げたので、思わず足を止めた。

その発言にこそ、夏蓮の主人が最も傷付いたのだと理解していたからだ。

宇航は夏蓮が立ち止まったのを見てから、こう続けた。

「純粋に、『意味がわからない』からだったんだ。厳密には、火鉢とか豆とかの意味がね」

「……は？」

こちらこそ意味がわからない。

ぽかんとする夏蓮に、宇航は頰を掻《か》きながら説明した。

「あのさ、僕たち『烏《からす》』っていうのは、隠密《おんみつ》集団なんだよ。隠密。わかる？　ずーっと陰に潜んで、人の法とか慣習とは離れたところで暮らしてんの。ときどき堅気の人間と交わりもするけど、晴れがましい場所にはまず行かない。呼ばれもしないし」

「はあ」

「つまりさ、わかんないんだよね。結婚祝いとか出産祝いとか、そういう人生の慶事？　みたいなやつの振舞いがさ」

葬儀とか殺人の祝杯とかなら得意なんだけど、と宇航は肩を竦める。

思いがけない告白に、夏蓮は黙り込んだ。

「だからさ、珠珠の主張までは、なんとか理解できたんだよ。え、結婚する気あるんだ、って、そこは兄もびっくりしたと思うけど。でもそこで唐突に火鉢とか豆とか出てきて、困惑したんだ。は？　火鉢ってなにに使うの、拷問道具？　意味不明、みたいな感じで」

「そちらの発想のほうが意味不明ですが」

夏蓮は遠慮なく宇航の発言を斬った。

火鉢は新郎の家に入るとき、家内安全を願って踏み越えるもので、豆は宴《うたげ》に集まった客に向かって撒《ま》くものだ。

そんな常識すら知らないとは思わなかった——が、

（……そういえば私も、後宮女官となって初めて知った風習かもしれない）

自身のことを思い出して、夏蓮は反論を控えた。

合食禁は知っていても、婚礼の火鉢は知らない。傍《はた》から見ればいびつな知識の身に付け方だが、育つ環境によっては、仕方がないことなのかもしれない。

「そこで兄は、とりあえず珠珠の望む用意とやらをすることにした。仕切り直しだね。だから、あのときの『もういい』は、『今晩はもういい』っていう意味。兄は、ちゃんと珠珠の意志を尊重しようとしてるんだよ」

「そんな……」

そんなことって、あるのだろうか。

宇航の発言を信じるなら、礼央はずいぶんと親身で律儀な男だ。

(でも、親身で律儀な男は、珠麗様をあんな長屋に住まわせたりしない)

夏蓮はぐっと腹に力を込め、そう思い直した。

「信じられません。もしあの男が珠麗様の意志を尊重する男なら、あんな劣悪な環境に住まわせないはずです」

「牛乳風呂《ぶろ》」

だがそれには、予想だにしなかった方向から答えが返ってきた。

「は？」

「大家族を賄えるような最新の竈《かまど》に、厨房《ちゅうぼう》。不必要にきれいな厠《かわや》。上等な衣装」

「なんなんです？」

「礼央兄が、馬鹿珠珠のために買いそろえてきたものだよ」

すぐには意味が飲み込めず、夏蓮はぽかんとした。

「……はい？」

「たとえばさあ、珠珠が何の気なしに、『はあ、肩まで湯船に浸《つ》かる贅沢《ぜいたく》がしたいわねえ』とかって言うじゃない？『朱櫻楼《しゅおうろう》には牛乳風呂まであったのよ』って。で、兄はだいたい『くだらん』って言う。で、それと同じくらいの確率で数ヶ月後、それを用意してる」

宇航はそこで、嘆かわしそうに両手を広げてみせた。

「でもさ、『おまえのためだ』とは言わないんだな、これが。だって、本人も無意識なんだ。いつも頭の片隅に珠珠がいて、なにかの拍子に、ふと思い出して衝動買いする。見ているこっちのほうが焦《じ》れるくらいだよ」

絶句する夏蓮に、宇航はくすりと笑って顔を寄せた。

「兄はそれを全部、自分の家に用意してる。当然だよね、だってそれらは全部、珠珠をおびき寄せるための贈り物なんだもの」

そのうえで礼央は珠珠に、「家のものは自由に使っていい」だとか、「いつまでもぼろ長屋に住んでいないで、さっさと家に身を寄せろ」と言うのだ。それも、何度も。

それを珠珠が一方的に、あとで借金漬けにされるのではと勘繰って、頑《かたく》なに拒否しているのだと、宇航は語った。

「鈍いにも程があるよね。珠珠だけでなく、兄もさ。自分がこれほどまでにのめり込んでるって、全然気付いてないんだもん。それなりに忙しい中、珠珠の望みを叶《かな》えまくってるのに」

「ではもしや、この一月姿を見せなかったのは……」

「言ったでしょ、兄は仕切り直ししようとしてるって。不勉強なりに、婚姻の儀とやらの作法を学んで、火鉢やら豆やら花嫁衣装やらを、あちこちに買いそろえに出てたんだよ」

夏蓮は大きく目を見開いた。

「そんな……」

「だからさ。夏蓮も兄との仲を、ちょっとは祝福してくれないかなあ？　『鳥』の見せた、珍しい純情に免じてさ」

宇航が再び両手を広げる。

人を小馬鹿にするようにも見える大げさな仕草だが、不思議なことに、先ほどよりも苛立たしくは映らなかった。

「……礼央殿が、思ったよりは誠実であったということは、理解しました」

「お、納得してくれた？」

途端に嬉《うれ》しそうに身を乗り出す宇航に、すかさず牽制《けんせい》する。

「とはいえ、贈り物に心を砕いたと言っても、本人に伝わらぬ、一方的なものでしょう。『鳥』にしては珍しい純情とはいえ、珠麗様ご自身に思いが理解されるようでないと――」

「いやあ、よかったよかった！　夏蓮が祝福してくれないことには、珠珠も納得しないだろうからさ。兄のことを認めてくれなかったらどうしようと思ったよ」

「いえ、ですから、私はまだもっと時間を掛けてと――」

ところが、最後まで言い終えぬうちに、夏蓮はぐらりと体の芯《しん》が揺れるのを感じた。

「言っているので、あっ……、て……？」

「よかったよかった、間に合って」

急速に瞼《まぶた》が落ちていく。意識が、遠のく。

ふら、とその場に崩れ落ちた夏蓮を、宇航は優しく抱き留めた。

「さては……っ、さっきの杯に、毒、を……」

「毒などではございません。数刻、少し気分が悪くなる程度のものです」

一月前、夏蓮が答えたのとそっくり同じ言葉を宇航が返す。

彼は愉快そうに夏蓮の黒髪を撫《な》でながら、にこっと小首を傾《かし》げた。

「目には目を、合食禁には眠り薬を、ってね」

これでも彼は、自分の目の前で、礼央に毒を許してしまったことに、腹を立てていたのだ。

「一方的？　その通り。だって僕たちは、愛情深い雲雀《ひばり》じゃなくて、『鳥』だもん。ほしいものは、奪わなきゃね。もっと時間を掛けろだなんて、できっこないよ」

「ま、さ……か」

一月を掛けて、婚礼の品を——求婚の用意を調えたという礼央。

今日この日、珠麗と離れたこの瞬間に、己が眠らされようとしていることの意味を、夏蓮は不意に悟った。

「うん、そう」

夏蓮を抱き留めた小柄な少年は、まるであやすように優しく髪を撫でる。

「本日、吉祥の夜なり。月は円《まど》か、気候も麗《うら》らか、邪魔者も不在で――」

そうして彼は、夕暮れの向こうに浮かびはじめた満月を、楽しそうに見上げた。

「初夜にぴったりだね」


米俵のように担がれた珠麗が、礼央の家に着く頃には、夕暮れの赤が宵闇の紫紺に塗り変わろうとしていた。

「帰して！　帰してったら！　夏蓮が心配するし！　というかせめて下ろしてくれない!?　この担ぎ方、微妙にお腹《なか》が圧迫されて苦しいんですけど！　歩かせてほしいんですけど！」

「沓《くつ》が汚れるだろう。いやだ」

珠麗はじたばたともがくが、礼央は一向に譲らない。

たしかに、強引に着替えさせられた衣装とお揃《そろ》いの沓は、恐ろしく繊細な刺繡《ししゅう》と金細工が施されていて、汚れるのを厭《いと》う気持ちはわかるのだが、なぜ彼のような男が突然そんな気遣いを見せるのかは不思議でならなかった。

「っていうかなに!?　目的地はここなの!?　しょ、処刑現場はここなの――わあっ」

ぎゃあぎゃあ騒いでいると、突然腰を摑《つか》まれ、地上に下ろされる。

ただしそれは、土の上ではなく、清潔に磨かれた礼央の家の、敷居《しきい》の内側だ。その数歩先には、なぜか立派なしつらえの火鉢が鎮座していた。もう春だというのに、赤々と火が燃えている。いや、玄岸州は常に寒いから、心地よくはあるのだが。

「跨《また》げ」

「は!?」

突然命じられて、珠麗はぎょっと目を剝《む》いた。

(この巨大な火鉢を!?)

なにしろ目の前の火鉢は、珠麗の腰ほどの高さがある、異様に大がかりなものだ。しかも燃えている。

まず間違いなく、これを跨ごうとしたら、全身火だるまになるだろう。

「や、む、無理でしょ、普通に焼け死ぬっての!」

赤い衣装をまとって、火鉢を跨ぐ。

字面だけ見れば婚礼のようだが、明らかにこれは命を奪いにかかっている。

よって珠麗は、この一連の礼央の行動を、己を処刑するためのものと断じた。

先日、珠麗が「抱くと言うなら婚礼準備後来《おととい》やがれ!」なんて啖呵《たんか》を切ったものだから、腹を立てた礼央は意趣返しに、婚礼を模して自分を殺そうというのだ。

(せ、性格、悪っ!)

涙目になって硬直していると、礼央は「鈍《のろ》い」とぼやき、珠麗を今度は横抱きにした。

「うぐえっ！」

――――ト……ッ！

潰《つぶ》れた蛙《かえる》のような悲鳴とは裏腹に、軽やかな跳躍音が響く。

気付けば、珠麗は礼央に抱えられたまま、火鉢を跳び越えていた。

なんだか、大道芸で火の輪くぐりを強要された獣の気分だ。

「へ……っ？　え？　生きてる……っ？」

「おら。頭下げろ」

己の全身に触れて無事を確認していると、礼央がどさりと珠麗を床に下ろし、強引に頭を摑んでくる。

「うぎゃあ!?」

まさか、額を床に叩《たた》き付けて殺す気か。

珠麗は絶叫したが、手は額がぶつかるぎりぎりで止まり、しかも向かいでは、なぜか礼央も頭を下げていた。真剣な顔と、目が合う。

「一礼、完了だな。次」

「へっ？」

「ほら。しっかり持て」

ぽかんとしていると、今度は身を起こされ、なにかを押し付けられた。

皇帝の所蔵品と言ってもおかしくないくらいの、上等なつくりの杯である。

礼央は、珠麗が手にしたままの杯に、いつの間にか用意されていた瓶で酒を注ぎ、手首を摑んでそれを呷《あお》った。

「よし。次は返杯」

「はいっ？」

「飲め」

次は同じ杯に酒を満たされ、飲めと迫られる。

目を白黒させている間に、ぐいと杯を唇に押し付けられ、珠麗はなし崩しに酒を飲み下す羽目になった。

「よし、次」

礼央は国宝級に見える杯をひょいとそのへんに放り出すと、今度は升を押し付ける。

「撒《ま》け」

中には、色とりどりの豆と飴《あめ》が入っていた。

「い、いや、私たち、なにしてるんですかね……っ？」

「豆撒《まめま》き」

「いや、そうじゃなくて」

さすがにここまで来れば、礼央が婚礼めいたなにかをしようとしていることはわかる。

だが問題は、いつの時点で彼が自分を殺そうとしているのかということだ。

「こ、この、茶番は、どこまで続けるおつもりなんですかね……っ？」

「茶番？」

恐る恐る問えば、礼央がむっとしたように眉《まゆ》を寄せた。

「これは、茶番ではなく、本番の婚礼だが」

しん、と、針の落ちる音さえ聞こえそうな沈黙が満ちる。

数拍置いてから、珠麗は「ええええっ⁉」と顔を上げた。

「えっ？ これ、婚礼⁉ 本物の⁉」

「ああ」

「婚礼を模した処刑じゃなくて？ 意趣返しじゃなくて？ 純粋な婚礼⁉」

「はあ？」

礼央はそこで、あからさまな呆《あき》れ顔になった。

「なぜそこで、処刑だなんて発想が出てくる。おまえの思考回路はどうなってるんだ？」

「いやいやいやいや！ そっちこそでしょ⁉」

咄嗟《とっさ》に突っ込んでしまってから、珠麗は改めて、「婚礼」の二文字を舌で転がした。

「え……？ わ、私たち、婚礼、してるの……？ な、なんで……？」

「おまえが言ったんだろうが」

「ええ……？」

それは、たしかに言った。

愛人にされるなんてごめんだ、手を出そうというなら、相応の覚悟をしてこいとは。

だがまさか、本当に礼央がその通りにしてくるだなんて。

「そ、そこまで、私のことを、その、だ、抱きたかったの……？」

あまりに予想外だ。どう受け止めてよいのかわからない。

だってまさかこの男が、自分を抱くためだけに、ここまでの労力を払うだなんて。

「り、礼央って、そこまで、肉欲の権化だったの……？」

「そろそろ殴っていいか」

ごく素朴な疑問を口にすると、これまでになく低い声で凄《すご》まれた。

びくっとする珠麗に、礼央は深い、それは深い溜息《ためいき》を落とす。

呼気をすべて出し切ってしまうと、彼はやがて、顔を上げた。

「おまえだからだ」

黒曜石のように鋭い瞳《ひとみ》が、まっすぐに珠麗を射貫《いぬ》く。

筋張った手が伸ばされ、珠麗の頬に触れた。

「おまえを、俺のものにしたいから。でなきゃ、こんなクソくだらないこと、誰がするか」

「り……礼央、は」

指の触れた先が熱い。いいや、顔が、全身が、燃えるようだ。

徐々に近付いてくる顔を、珠麗は愕然《がくぜん》として見守った。

「わ、私のこと、好きだったの……!?」

「……………」

不意に、ぴたりと礼央の動きが止まる。

彼はしばし無言で天を見上げてから、ただ一言、「そこからか?」と呟《つぶや》いた。

「な、なんでそんなに呆れるの……っ?」

「いや逆に聞くが、なぜわからないんだ? これだけ口説かれて、口づけまでされておいて……おまえ、そんなに軽々しく男と口づけるのか」

「しないわよ!」

珠麗はぎょっとして叫んだ。

「あ、あれはだって、礼央が、私のことを単にからかったんだと思ったから……」

「本気だ」

再び、礼央の手が伸びてくる。

真っ赤になった顔を見られたくなくて、両手で顔を覆おうとしたが、寸前で手首を掴まれた。

「珠麗。おまえがほしい。だから妻にして、抱く。いいな？」

「や、ちょ……、ちょっと待って……」

だめだ、頭が追いつかない。

手首から伝わってくる熱に、珠麗は泣きそうになった。

「つ、妻にするって言ったって、そんな、突然」

「手順通りに婚礼まで挙げただろうが」

花嫁衣装を着て、男が女を迎えて、火鉢を跨いで、夫婦で一礼して、杯を交わして、豆を撒いて。

一連の出来事をたどって、それはたしかに、と珠麗は思った。

たしかに、天華国《てんかこく》の一般的な婚礼の手順を踏んではいるけれど。

「で、でも、天地と親に三拝してないじゃない！」

「『烏《からす》』は皇帝以外の天を仰がず、地になど伏せない。親はろくでもないから拝する必要もない。よって省略だ」

「う、宴《うたげ》は!?　みんなに知らせて、祝ってもらうことこそが、婚礼の意義でしょ!?」

「荒くれ者どもにおまえを晒《さら》すなんてごめんだ。知らせたいなら、明日、邑中《むらじゅう》に触れを出してやる。いいや、王都まで触れを届かせてもいい」

にやり、と意地悪い笑みを浮かべた礼央に、なぜだかぞくりと肌が粟立《あわだ》つ。

「さあ。これで婚礼は完了だな。おまえはもう、俺のもの。そして」

しっかりと腕を押さえたまま、礼央の顔が近付いてくる。

「待……っ」

唇に、熱。

長い時間を掛けて珠麗の唇を翻弄《ほんろう》し、やがて少しだけ身を離すと、彼は告げた。

「残るは、初夜だ」

窓から差し込んでいたはずの夕陽《ゆうひ》は、すっかり月光に取って代わられていた。

すぐ傍《そば》で赤々と焚《た》かれた火鉢の炎が、礼央の顔に揺れる影を落としている。

黒い瞳は、まぎれもない熱を浮かべて、こちらを見ていた。

「…………っ」

じり、と、床に座り込んだままだった尻《しり》で後ずさる。

なにもかもが予想以上の速さで進んでしまい、頭がはち切れそうだったのだ。

「き、今日は無理……っ」

半泣きになった珠麗は、とうとう摑《つか》まれていた両手を振り払い、逃げを打った。

(無理無理無理無理!)

礼央は、自分のことを好いていた。婚礼への憧《あこが》れを、律儀に果たしてくれていた。

それらは正直なところ、嬉《うれ》しかった。想像以上に。

けれどだからこそ、感情が湧き上がってしまい、収拾がつかないのだ。嬉しくて、恥ずかしくて、泣きそうで、叶《かな》うならこの場で叫びだしてしまいたかった。

こんな状態で初夜なんて、迎えられるわけがない！

「勘弁してください！」

「するかよ」

だが、背後からがっしりと腰に手を回され、珠麗の逃亡劇はわずか数秒で幕を閉じる。

そのままひょいと横抱きにされ、珠麗は恭しく連行された――寝室へと。

「ま……待って！　待って待って待って！」

「うるさい。もう十分に手順は踏んだ。これ以上は待てない」

胸板をばんばん叩いても、鋼のような礼央の体はびくともしない。

珠麗は目に涙を滲《にじ》ませ、思いつく限りの反論を並べ立てた。

「帰らせてよ！　夏蓮も絶対心配してるし！」

「問題ない。今頃宇航が事情を『説明』している」

「そ、そうなの!?　でも、でも……そうだ、私、湯浴《ゆあ》みしてないし！」

「用意してある。だがおまえはいつもいい匂いがするから、気にするな」

「えっ、ありがと……いや違う！　ほら！　なんか今日、日取りが悪い気がするし！」

「占った。吉日だ」

「周到か！　でもほら！

「なんか寝台の向きが風水的によくない気がするし！　模様替えしてからにしよう！　そうしよう！」

ここまで来ると難癖だ。

礼央はにこっと顔を笑ませると、

──ゴ……ッ！

珠麗を抱き上げたまま、凄《すさ》まじい脚力で、重厚な寝台を蹴《け》り飛ばした。

「ひえっ！」

「向きを変えた。──ほかには？」

斜めになってしまった寝台の上に、そっと身を横たえられる。

ぎし、と軋《きし》んだ音とともにのしかかられて、珠麗はいよいよ黙り込んだ。

「珠珠。全部言え。なんでも叶えてやる。俺なりの方法で」

すっと通った鼻筋、薄い唇。

精悍《せいかん》な男の顔が近付いて、額に、頬に、そして唇に、順々に口づけを落としていく。

「おまえが望むなら、国ひとつ奪ったって構わない」

「そ、んなの、いらない……」

頬を撫《な》でる礼央の手が熱い。

鍛え抜かれた体で全身を押さえつけられ、珠麗は、彼にすっかり閉じ込められてしまったかのような感覚を抱いた。

(ああ、でも)

ぎゅっと目を瞑《つぶ》りながらも、珠麗はこう思った。

(怖くない)

衣越しに感じる胸板、その奥から伝わる鼓動は、不思議なことになじみ深い。

考えてみれば珠麗は、この貧民窟に流れ着いてから何度も、こうやって抱きしめられるようにして、この男に守られてきたのだった。

守料は課せられたが、彼は必ず珠麗を助けた。

珠麗が望めば、王都までやって来て、後宮からも救い出した。

「珠珠。なら、なにを望む?」

厳しかったが、彼は珠麗に、自身の足で立つ術《すべ》を教えた。彼の与えた短刀で、珠麗は獣を狩るようになり、彼の教えたやり方で、珠麗は人生を賄うようになったのだ。

強引で、意地悪なこの男の望むままに――珠麗はとっくの昔に、彼のものになっていた。

「こ……」

礼央の唇が首筋を這《は》い出したとき、ようやく珠麗は切り出した。

「今後は、……わ、私だけにして」

喉《のど》が震える。

胸の内側から、突き上げるように感情が溢《あふ》れてきて、礼央を見つめる目から、とうとう涙の粒が零《こぼ》れ落ちた。

「私が、礼央のものになるなら……礼央も、私のものにならなきゃ、いや」

珍しく礼央が目を見開き、それから、ふっと笑った。

「承知した」

「それと」

全身が燃えるようだ。

珠麗は込み上げる羞恥心《しゅうちしん》に耐えきれず、両手で顔を覆った。

「や……優しく、してください」

消え入るように告げれば、掌《てのひら》の向こうで、小さく息を呑《の》む音がする。

「ど阿呆《あほう》」

「えっ、なんで罵《ののし》られる流れ」

突然の罵倒《ばとう》にびっくりして手を外すと、予想以上の至近距離に礼央の顔があり、さらに驚いた。

こつ、と額同士を当てられ、睨《にら》まれる。

「本気で優しくしてほしいなら、その口をさっさと閉じろ」

「それってどういう――んっ」

口を閉じろと命じたくせに、自分で口を塞《ふさ》ぎに掛かるのだから、やはり礼央はせっかちだ。

めちゃくちゃに口づけられ、陶然としてきた頭で、珠麗はそんなことを思った。

肌を滑る手の動きは丁寧で、ときどき名を呼ぶ彼の声は、どこまでも甘い。

ただし、珠麗としては声を大にして抗議したいのだが、礼央はちっとも、優しくなんかなかった。


その夜、珠麗は指の一本すら余すことなく、礼央にすべてを平らげられた。

＊＊＊

太陽もすっかり天頂に差し掛かった、穏やかな昼である。

礼央の家から少し離れた木の上でうたた寝をしていた宇航は、主人がのんびりと扉を出てきたのを見て、軽やかに幹から飛び降りた。

「おっはよー、兄。昨夜は首尾よく……」

行った？　と尋ねようとして、言葉を引っ込める。

表情こそ変わらないが、礼央のやけに機嫌のよい姿を見れば、首尾は明らかだったからだ。

「……あー。結婚おめでと。珠珠は？」

「寝てる。起こすな」

「言われなくても」

いったい誰が、濃密な気配の残っていそうな閨《ねや》になど近寄りたいものか。

「人払い、ご苦労だった。元女官は？」

「うーん、長屋に寝かせてきたけど、そろそろ起きるんじゃないかな？　暴れたら厄介だし、連れてくる？」

「いや、いい。それより、先に日課を済ませてしまおう」

そんなことを言って、礼央は宇航に手を突き出す。

宇航は慣れたそぶりで、袂《たもと》からいくつかの文と小箱を取り、差し出した。

「昨夜までのぶんはこれだけ。だんだん暖かくなってきたから、食料で攻めるのはやめたみたいだね。今回は恋文と宝玉だよ」

「宝玉の末路も想像が付くだろうに、しつこい」

礼央は不機嫌そうに顔を顰《しか》めてから、文のひとつを取り上げ、ざっと内容を流し読む。

「文才の無駄遣いだな」

流麗な手跡でしたためられた文章をそう断じると、彼は玄関でまだ健気《けなげ》に炎を揺らしていた火鉢に、ぽいとそれを投げ入れた。

上質な紙を惜しみなく使った恋文が、みるみる炎に飲まれてゆく。

それを見届けると、礼央は宇航に残りの文と小箱を押し戻した。

「残りも、いつも通り燃やしとけ。宝玉は叩《たた》き潰《つぶ》して偽金丹《にせきんたん》にでもしろ」

「えー、宝玉のほうはもらっちゃえばいいのに」

「優男の気取った匂いがしそうな宝玉なんぞ、誰が傍に置くものか」

素っ気なく吐き捨て、そのまま場を去ろうとする。

だが、それを宇航が呼び止めた。

「待って、兄。この文は別口」

そう言って彼がひらりと摘まんでみせたのは、ほかの文とは異なり、少しだけ紙の等級を落としたものだ。

礼央はそれを受け取り、先ほどと同じように流し読みすると「へえ」と珍しく呟《つぶや》いた。

やがて、薄く笑みを浮かべる。

「あいつも喜ぶだろう。これは、枕元に置いておく」

「礼央兄が置いてよね」

「当然」

礼央は肩を竦《すく》め、ふと、いいことを思いついたと言わんばかりに、目を光らせた。

「いや、反応が見たいな。やはりあいつを起こそう」

そうして、悠々と——だが宇航から見ればいそいそとしか言いようのない態度で——家へと引き返していった。

「あー、珠珠にとどめ刺しちゃったかな……」

礼央の後ろ姿を見守りながら、宇航はそんなことを呟く。

だが、しょせんは他人事《ひとごと》だ。あっさり「ま、いっか」と意識を切り替えると、彼は長屋の方向へと足を向けた。

「夏蓮の様子でも見に行こーっと」

＊＊＊

だいぶ人の減った後宮の一角、皇帝となった自誠《じせい》が身を休め、ときに政務を持ち込む静《せい》心殿《しんでん》に、満月を恨めしそうに見上げる女の姿があった。

「退屈ですわ……」

蓉蓉《ようよう》——いや、扮装《ふんそう》を解き、すっかり美貌《びぼう》の公主《こうしゅ》としての正体を露《あら》わにした、麗蓉《れいよう》である。

彼女は、上等な茶器を弄《もてあそ》びながら、深夜となっても奏上書に没頭する兄のことを、軽く睨みつけた。

「お兄様は政務という恋人がいらして結構なことですわね。それに引き換え、珠珠さんという友人に去られたわたくしは、こんなにも退屈で憂鬱《ゆううつ》な日々を過ごしておりますわ」

「暇だからいけない。君もなにか仕事をすればいい」

「お兄様は働きすぎです。だから、見かねた太監《たいかん》たちが『どうか諫《いさ》めてやってください』とわたくしに縋《すが》ってくることになるのですよ」

自誠が肩を竦めても、麗蓉は即座に言い返す。

がむしゃらに働いてばかりの兄が心配なのは事実だったので、彼女はそれから、少しだけ口調を和らげた。

「お兄様が即位されてから、もう四月以上。その間、お兄様はずっと、身を粉にして働き続けていらっしゃいますわ。その善政はすでに民の認めるところ。そろそろ、少し息抜きしてもよいのではありませんか？」

たとえば、後宮に残った美しい宝玉のどれかを、愛《め》でてみるとか。

そう続けかけはしたものの、自誠の心がすでにどの「玉」にあるかを理解してしまっている麗蓉は、説得力の無さに、自ら口を噤《つぐ》んだ。

宝《ほう》珠麗。

満月のように円かな魂を持つ彼女だけが、自誠の心を照らすのだから。

「あと、三年と半分かあ……」

つい、幼い口調で漏らしてしまう。

珠麗が苦しんだ期間と同じだけ、妃嬪《ひひん》に迎えに行くのを我慢すると約束した自誠。

それを守るならば、彼が堂々と彼女に許しを請いに行けるのは、ずいぶんと先のことだ。

月日の長さもじれったいことだが、それ以上に、珠麗の傍らにいた男の存在が気がかりで、麗蓉はぎゅっと茶器を握り締めた。

「お兄様は、悠長に構えすぎではありませんこと？　あの『烏《からす》』の次期頭領とかいう男の、不遜《ふそん》な態度……。早晩、彼は絶対、珠珠さんに手を出しますわ。賭《か》けたっていい」

見玉《けんぎょく》の才を使わずとも、あの礼央という男の、珠麗への執着心は明らかだった。なまじ一度、己の腕の中から後宮に攫《さら》われかけてしまっただけに、彼は早々に、珠麗を囲い込んでしまうだろう。

(珠珠さんは、お兄様の龍玉であってほしいのに)

そう思うと、麗蓉はのんびり構えている自誠がもどかしくてならないのである。

「どうしますの、お兄様？　この四年の間に、珠珠さんがすっかり人妻になっていたら。いいえ、子どもまで儲《もう》けているやも！」

「そうだねえ」

だが、自誠は奏上書をめくる手を止めもしない。

むっとした麗蓉は、茶器を放り出して、彼の手から筆と奏上書を取り上げた。

「そうだねえ、ではございませんわ！　たとえ約束を違《たが》えど、一刻も早く珠珠さんを――」

「落ち着いてくれ、麗蓉。君はこの天華国の歴史上、いったいどれだけ多くの未亡人が後宮に召し上げられてきたか、知らないのかい？」

「はい？」

だが、予想外の言葉が返ってきて、目を見開いた。

自誠はゆったりと――けれど底知れぬ笑みを浮かべ、妹を見つめていた。

「べつに、既婚者や子持ちの女性が、妃嬪になれぬわけではない。後宮に入った後の貞節さえ守られていれば、それでいいのだから」

「そ……」

自誠の雰囲気に、なんとも言えぬ凄《すご》みを感じ取ってしまい、麗蓉は理由のわからぬ冷や汗を浮かべた。

「それは、そうですが……。ですが、お兄様の心情として、お嫌ではないのですか？」

「嫌でないかって？」

奏上書を奪われてしまった自誠は、手持ち無沙汰《ぶさた》なのか文鎮を持ち上げ――手放した。

「心底嫌に決まっているだろう」

ゴッ、と鈍い音が、静かな室内に響き渡る。

硬直した妹に笑いかけてから、自誠はゆっくりと立ち上がった。

「嫌だけど、約束は守るよ。この苦しみこそが、つまり償いのわけだからね。僕は誠意を尽くし、己の本分を果たし――今度こそ、彼女の心を手に入れる」

コッ、コッ、と沓音《くつ》を鳴らしながら文机《ふづくえ》を回り、壁際に配した棚から、一枚の紙を取り出した。縁に金彩の施された、上等なものだ。

「さて、今回はなにと一緒に送ろうかな」

「……それは？」

「うん？　珠麗への手紙だよ、もちろん」

こともなげに返されて、麗蓉は絶句した。

「前回は宝玉にしたけど、彼のことだ、珠麗の目に触れる前に粉々にして、偽金丹にでもしそうだものなあ。次はもう少し処分を躊躇《ためら》いそうな、愛玩動物《あいがんどうぶつ》あたりで攻めてみるか」

「な……っ」

もたらされた情報に、混乱する。

つまりこの兄は、のんびり四年を待っていると見せて、その実、珠麗に欠かさず付け届けをしていたわけか。

「さ、爽《さわ》やかに、卑怯《ひきょう》なことをなさいますね？」

「そうかな？　僕は四年待つとは言ったけど、その間なにもしないとは言っていない」

それはいわゆる、屁理屈《へりくつ》というものではなかろうか。

「ですが結局、珠珠さんに届く前に、ほとんどあの男に収奪されてしまうのでは……」

「うん。手紙は間違いなく燃やされているだろうし、贈り物もきっと握り潰されているだろうね。なぜって、僕が彼なら、必ずそうするから」

あはは、と笑う彼は、屈託がないようでその実権謀術数に長《た》けた、まさに皇帝である。

「でもね、それでいいんだ」

自誠は机へと引き返し、今度は別の筆を使って手紙を書きはじめた。

流麗で、誠実で、清らかな文言に溢《あふ》れた手紙を。

「付け届けを続ければ、あの男がどれだけ隠蔽《いんぺい》しようと、いつか必ず露呈する。そのとき、握り潰された手紙や贈り物が多ければ多いほど、善良な珠麗は彼に激怒する。僕への罪悪感も募らせるだろう。そこに付け込もうと思っているんだ」

さらりと文を書き終え、彼は筆を置いた。

「一度目は、僕は彼女の善良さを信じきれず、愚かにも彼女を逃してしまった。だから二度目の今度は、彼女の良心を信じて――絶対に逃がさない」

すっかり黙り込んでしまった妹に気付くと、彼はいつもの穏やかな微笑《ほほえ》みを浮かべた。

「なにか質問や反論があるかな、麗蓉？」

「いいえ……」

麗蓉は神妙に答えて、奪い取っていた奏上書と筆を、慎重な手つきで兄に返却した。

「まったく、なにも、ございません」

いつも悠然とし、なににも執着せず、孤高であった兄。

だが、彼がひとたびなにかを欲してしまうと、こんなにも恐ろしくなるのだ――そう思いながら。

（焚《た》きつけるまでも、ありませんでしたね）

兄に求められる珠麗のことを、なぜだか少々哀れに思いながら、麗蓉は静心殿を後にしたのであった。

「怖がらせてしまったかな？」

一方、妹を見送った自誠はそんなことを呟く。

発言はすべて本心だが、べつに妹を怯《おび》えさせたかったわけでもない。己の中で渦巻く初めての執着心は、彼自身でも少々持て余してしまうほどだった。

「……返事がほしいな」

どうせ今回も燃やされてしまうのだろう手紙を見下ろしながら、頬杖《ほおづえ》をつく。

礼央と自分は、きっとどこか似たもの同士だ。日頃周囲への関心が薄いわりに、一度気に入ってしまえば、腕の中に閉じ込めずにはいられない。

自分以外のあらゆる人間を排除したがる相手の行為を、「器の小さなことだ」と冷ややかに見ながらも、そうしたくなる気持ちというのも、よくわかるのだった。

「ああ、でも、前回の手紙だけは、無事に届いていればいいのだが」

小姓も下がらせた無人の室内に、静かな独り言が響く。

前回、自誠は宝玉とともに、ある人物から託された手紙を送ったのだった。

（喜んでくれたらいい。彼女の持つあらゆるわだかまりが、すべて解消されますように）

珍しく素直な気持ちで、珠麗のために祈り、自誠は政務を切り上げるため、筆を片付けはじめた。

＊＊＊

全身が震えるほど疲弊した状態で始まる一日があるということを、珠麗は生まれて初めて知った。

「今、何時よ……」

ふらふらしながら、寝台から身を起こす。

窓から差し込む日差しに目を細め、珠麗は、今が朝ではなく、昼なのだと理解した。寝過ぎである。

「なんだ、起きていたか」

とそこに、いつもとなんら変わらぬ様子の礼央がやってくる。

珠麗は瞬時に全身を赤く染め、布団に潜り直した。

「み、見ないで！　あっち行って！」

「なにを今さら」

礼央は「おら、出てこい」と容赦なく布団を引き剝《は》がすと、真新しい着替えと、水差しを押し付けた。

「白昼堂々裸とか、正気か？　着ろ。あと声もガラガラだ。飲め」

「誰の、せい、だと……！」

ふつふつと沸き上がる怒りのままに睨《にら》みつければ、なぜだか礼央は、ご機嫌な猫のように微笑んだ。

「ん、俺のせい」

それから彼は、着替えと水分補給を終えた珠麗の額に、ぺしりとなにかを押し付けた。

「手紙だ」

ここぞとばかり礼央を非難してやろうとしていた珠麗は、ひらりと落下してしまったそれを、慌てて受け止める。

「手紙？　私宛に？」

初めてのことに、驚きと喜びを半々にしながら折りたたまれた紙を開き——そこで、珠麗は小さく息を呑《の》んだ。

——朱櫻楼では、色とりどりの花が咲き乱れる時季となりました。珠麗様はいかがお過ごしでしょうか。

手紙は、そんな一文から始まっていたからだ。

一気に鼓動を跳ね上げ、急いで手紙の最後の行を見る。

差出人を示す部分には、見知った女の名が記されていた。

「楼蘭《ろうらん》！」

朱櫻楼に追放された、元祥嬪《しょうひん》、楼蘭からの手紙であったのだ。

珠麗は寝台の上で正座し、息を詰めて手紙の続きを読んだ。

そこには楼蘭らしい端正な文章で、これまでの経緯や現状が描写されていた。

知っての通り、公式な沙汰《さた》を経て、朱櫻楼預かりとなったこと。妃嬪としての身分は剝《はく》奪《だっ》され、家族に累が及ぶのを恐れたこともあり、家とは縁を切ったこと。ただし自誠の計らいで、弟との文通は許可されていること。

このあたりまでは、珠麗も後宮に残っていたときに直接見聞きしているので、ある程度把握している。その後、花街に移ってからはやはり消息が摑《つか》めずにいたので、珠麗は中盤以降を特に熱心に読み込んだ。

──あの独特な楼主様にお会いしたとき、彼（彼女？）は大きな溜息《ためいき》をつき、わたくしを肥桶番《こえおけばん》に命じました。

「やだ、おんなじ」

懐かしさが込み上げて、くすくす笑ってしまう。

──ですが、わたくしは絶対に嫌だったので、賭《か》けを持ちかけて勝利し、妓女《ぎじょ》として遇されることになりました。

「おん？」

が、楼蘭の現状が、過去の珠麗のそれと一気に乖離《かいり》したので、変な声を上げてしまった。

なんでも楼蘭は、前帝との閨事《ねや》で得た数々の技術を活《い》かし、「抱かれずして男を満足させる女」としての地位を確立したらしい。早くも上級妓女にまで上り詰めつつあるという。

元寵妃《ちょうひ》から転落した妓女ということで、物見高い客に侮蔑《ぶべつ》されるかと思われていた彼女だが、楼蘭は出自を隠すどころかむしろ利用し、労せずして集客に成功しているのだとか。

──花街とは不思議なところですね。隔離されているようで、客を通じて外と繋《つな》がっている。支配されているようで、男を通じて世界を支配している。わたくしは今まさに、天が与えた職場にたどり着いたのだと確信いたしました。

「…………」

珠麗は何度も手紙を読み直し、文面が変わらないことを確認して沈黙した。

この女、強すぎではないだろうか。

「え、なにこの成功譚《たん》……。肥桶番としてひいひい言ってた私との差はなんなの……」

「くっ」

隣で覗《のぞ》き見ていた礼央が噴き出している。

だが、続く文章を見て、珠麗は思わず、目を潤ませた。

――珠麗様。わたくしはすっかり、救われました。何度御礼《おれい》を言っても足りない。ありがとう。わたくしを闇から救い出してくださって、本当にありがとうございます。

幼稚な文章を嫌う彼女が、ただ素朴に、礼を繰り返している。

以前目にした手紙の震えた文字とは違い、伸び伸びとした筆致が、眩《まぶ》しかった。

――かつて、あなた様は救いを求めるわたくしに気付かず、けれどその四年後、わたくしを救い出してくださった。だからわたくしも、次はあなた様をなんとしても助けます。

四年前、あなた様を絶望に追いやってしまったわたくしだから、二度目こそは、きっと。

四年前の冬、牢《ろう》に入れられたときのことを思い出す。

絶望の檻《おり》に囚《とら》われた自分は、ただ「これは嘘《うそ》よ、これは悪夢よ」と震えていたっけ。

一度目の悪夢で、救いは訪れず、失ったものがこの手に戻ることはなかった。

けれど今、かつてなくしたより多くのものを、形を変えて、自分は手に入れているのではないか。

「ちょっとちょっと！　今兄たちは取り込み中だってば！　ていうか回復早いな、夏蓮！」

「珠麗様！　今お助けに上がります！」

家の外から、宇航と夏蓮の忙《せわ》しない足音と、声が聞こえる。

どんな状況でも自分に手を差し伸べようとしてくれる、心優しき妹分。

「おやおや、物騒なことだ。もう手遅れなのに。なあ、珠珠」

礼央が愉快そうに片方の眉《まゆ》を引き上げ、顎《あご》を掬《すく》ってくる。

ただ珠麗一人だけを見つめ、愛すると誓ってくれた男。

――そのための力を、わたくしは付けてみせます。この朱櫻楼で、いいえ、王都で最も力ある女になる。ですから、困ったときは、どうかわたくしを頼ってくださいませ。

楼蘭の手紙は、こんな一文で締めくくられていた。

――どんな檻からでもあなた様を救い出してみせると、誓いますわ。

頬を、涙が静かに伝ってゆく。

そのときになってようやく、珠麗は、四年前の自分が思ったより傷付いていたのだと、理解した。

叫んでも、誰も助けてくれなかった。

檻をいくら揺すっても、そこから脱出することは叶《かな》わなかった。

けれど今は違う。

忠実な妹分が、頼もしい男が、誠実な友が、まっすぐに、手を差し伸べてくれている。

「……それとも、逃げ出したいか？」

涙を滲《にじ》ませている珠麗を見て、礼央がほんのわずか、目を細める。

珠麗はゆっくりと首を振った。

「ううん」

そうして、心の中で、楼蘭にこう囁《ささや》きかけた。

――ありがとう、楼蘭。でも、この人の檻から逃げ出したいと願うことは、なさそうよ。

四年前、身を切るほどの寒さだった牢とは異なり、珠麗を閉じ込めんとばかりに抱きしめてくる礼央の腕は、温かかった。

完

お便りはこちらまで
〒一〇二―八一七七
富士見L文庫編集部　気付
中村颯希（様）宛
新井テル子（様）宛

この作品はフィクションです。
実在の人物や団体などとは関係ありません。
本書はカクヨムに掲載された「後宮も二度目なら
～白豚妃再来伝～」に加筆修正した作品です。

富士見Ｌ文庫

白豚妃再来伝《しろぶたひさいらいでん》
後宮《こうきゅう》も二度目《にどめ》なら 二《に》

中村颯希《なかむらさつき》

2022年１月15日　初版発行
2022年２月５日　再版発行

発行者　青柳昌行
発　行　株式会社 KADOKAWA
〒102-8177　東京都千代田区富士見2-13-3
電話　0570-002-301（ナビダイヤル）

印刷所　株式会社暁印刷
製本所　本間製本株式会社
装丁者　西村弘美

定価はカバーに表示してあります。

●お問い合わせ
https://www.kadokawa.co.jp/（「お問い合わせ」へお進みください）
※内容によっては、お答えできない場合があります。
※サポートは日本国内のみとさせていただきます。
※Japanese text only

ISBN 978-4-04-074126-0 C0193

花街の用心棒

著／**深海 亮**　イラスト／きのこ姫

腕利きの女用心棒、後宮で妃を守る！
（そして養父の借金完済を目指します！）

雪花は養父の借金完済を目標に、腕利きの女用心棒として働いていた。しかし美貌の若き大貴族・紅志輝の「後宮で貴妃の護衛をしろ」との拒否権のない依頼により、否応なく暗殺騒ぎと宮廷の秘密に迫ることになり――。

【シリーズ既刊】 1～3巻

富士見L文庫

江戸の花魁と入れ替わったので、花街の頂点を目指してみる

著／七沢ゆきの　イラスト／ファジョボレ

歴史好きキャバ嬢、伝説の花魁となる――！

歴史好きなキャバ嬢だった杏奈は、目覚めると花魁・山吹に成り代わっていた。彼女は現代に戻れない覚悟とともに、花魁の頂点になることを決心する。しかし直後に客からの贈り物が汚損され……。山吹花魁の伝説開幕！

【シリーズ既刊】1～2巻

富士見L文庫

わたしの幸せな結婚

著／顎木あくみ　イラスト／月岡月穂

**この嫁入りは黄泉への誘いか、
奇跡の幸運か——**

美世は幼い頃に母を亡くし、継母と義母妹に虐げられて育った。十九になったある日、父に嫁入りを命じられる。相手は冷酷無慈悲と噂の若き軍人、清霞。美世にとって、幸せになれるはずもない縁談だったが……？

【シリーズ既刊】1～5巻

富士見L文庫